MIGUEL ÁNGEL ASTURIAS

D1220512

LEYENDAS

DE GUATEMALA

EASY·READERS·
ER
·LECTURAS·FÁCILES·

EDICIÓN SIMPLIFICADA PARA
USO ESCOLAR Y AUTOESTUDIO

Esta edición, cuyo vocabulario se ha elegido entre las palabras españolas más usadas (según CENTRALA ORDFÖRRÅDET I SPANSKAN de Gorosch, Pontoppidan-Sjövall y el VOCABULARIO BÁSICO de Arias, Pallares, Alegre), ha sido resumida y simplificada para satisfacer las necesidades de los estudiantes de español con unos conocimientos un tanto avanzados del idioma.

Edición a cargo de: Berta Pallares

Consultores: José Ma. Alegre Peyrón
F. A. Rodríguez Arias

Ilustraciones: Per Illum

© 1977 por Grafisk Forlag/Aschehoug Dansk Forlag A/S
ISBN Dinamarca 87-429-7729-0

Impreso en Dinamarca por
Grafisk Institut A/S, Copenhague

MIGUEL ÁNGEL ASTURIAS
(Guatemala 1899 – Madrid 1974)

Escribió poesía, teatro y novela. Lo representativo en Asturias es la novela. En todas las suyas muestra una marcada preocupación social; de ahí que el sentido de gran parte de su obra sea la reconstrucción social y política de Guatemala.

Vivió desde 1955 en el exilio y desde 1966 hasta su muerte en París donde fue Embajador de su país. Recibió el Premio Nobel de Literatura en 1967.

La prosa de Miguel Ángel Asturias es siempre exquisita, sobria, poética, con aire de verso, y en la que el autor cuida mucho lo plástico. Lo que más impresiona de su obra es la mezcla de lo irreal-mágico con lo real. Esta mezcla lleva al lector siempre por caminos irreales, fabulosos.

De esta forma Asturias resulta un autor de primerísima categoría al poder aunar en sus obras la calidad literaria máxima y la riqueza humana y urgente de su mensaje, mensaje este siempre de índole social y de una profunda preocupación por el hombre. En este sentido el compromiso del escritor Asturias resulta claro.

Esta preocupación atraviesa toda su obra. Va desde la primera, *Leyendas de Guatemala* (1930) hasta sus obras más comprometidas en las que denuncia la explotación del hombre por el hombre. La célebre trilogía que menciono más abajo se centra en la explotación de los hombres que trabajan en las plantaciones de plátanos, por las empresas capitalistas norteamericanas.

En *Leyendas de Guatemala* Asturias ve a su tierra como tierra privilegiada y extraordinaria, de paisajes ricos y hermosísimos, poblados por animales de gran belleza y testigos de fabulosas leyendas que remontan a los orígenes de la Creación y en las que nos encontramos con los pobladores primitivos de aquella tierra.

Las *Leyendas* son un canto a la profunda y vieja cultura del pueblo maya. En ellas están ya conformados todos los elementos que van a ser característicos del arte narrativo de Asturias. Fueron escritas en el destierro, en París y desde allí la visión de su tierra se puebla de nostalgia. Todas están envueltas en un aire de magia y exotismo, tan real por otro lado. Mediante el influjo del Cuco de los Sueños el autor

puede evocar su tierra: realidad y ensueño mágico del trópico. Todo el libro es como la toma de conciencia de una
realidad extraordinaria y que sobrepasa la medida del
hombre. Recoge leyendas de origen maya y otras de origen
español y lo hace con la maestría narrativa que le carac-
teriza. Con *El Espejo de Lida Sal,* una de sus últimas obras
(1967) vuelve al mundo mágico de la leyenda.

ALGUNAS OBRAS DE MIGUEL ÁNGEL ASTURIAS
El señor Presidente (1946), La trilogía bananera: *Hombres de
maíz* (1950), *Viento Fuerte* (1950) *El Papa Verde* (1954). *Los
ojos de los enterrados* (1960), *Mulata de Tal* (1963). En verso:
Sonetos (1950 y 1965) y *Clarivigilia primaveral* (1965). Teatro:
recogido en un volumen (1964).

ÍNDICE

Ahora que me acuerdo

José y Agustina, conocidos en el pueblo con los diminutivos de Don Chepe y la Niña Tina hacen la cuenta de mis años con granos de *maíz*, sumando de uno en uno de izquierda a derecha como los *antepasados* los puntos que señalan los siglos en las piedras. El contar los años es triste. Mi edad les hace ponerse muy tristes.

– La influencia del *chipilín* – habla la Niña Tina – me quitó la conciencia del tiempo, el tiempo comprendido como días y años que se suceden. El chipilín, arbolito de *párpados* con sueño, destruye la acción del tiempo y bajo su influencia se llega al estado en que *enterraron* a los *caciques,* los viejos sacerdotes del reino.

– Oí cantar – habla Don Chepe a un pájaro bajo la luna llena y su canto me echó gotas de *miel* y me dejó muy hermoso y *transparente*. El sol no me vio y los días pasaron sin tocarme. Así mi vida dura toda la vida por el canto del pájaro.

mazorca de maíz

---

antepasados, los que han vivido antes que nosotros.

chipilín, árbol con propiedades narcóticas. En Guatemala se usa en la cocina.

párpado, ver ilustración pág. 22.

enterrar, poner algo debajo de la tierra de manera que quede cubierto por ella.

cacique, aquí: el señor principal.

miel, líquido dulce que hacen las *abejas* (ver ilustración pág. 8/9).

transparente, que deja pasar la luz a través de él.

cuero

cornamenta

ala

mariposa

abeja

lobo

tigre

jaguar

ratón

liebre

raíz

– Es verdad – hablé el último- , les dejé una mañana de abril para salir al bosque a cazar palomas, y, ahora que me acuerdo, estaban como están y tenían cien años. Son eternos. Son el alma sin edad de las piedras y la tierra sin vejez de los campos. Salí del pueblo muy temprano, cuando por el camino amanecía. Amanecer de agua y miel.

Entré al bosque y seguí bajo los árboles como en una *procesión* de *patriarcas*. Detrás de las hojas se hacía más clara la luz. Yo iba viendo el cielo. En ese tiempo me llamaban Cuero de Oro y en mi casa había siempre viejos cazadores. Si sus habitaciones hablasen, contarían muchas historias que oyeron contar. De sus paredes colgaban *cueros* y *cornamentas* de animales y también colgaban armas.

Dentro de la selva el bosque se va cerrando y va cerrando los caminos. A cada paso las *liebres* corren, saltan, vuelan. En las sombras se oyen las palomas, se siente el paso del *jaguar,* el vuelo de los pájaros. Mis pasos despertaron a los hombres que vinieron del mar. Y aquí fue donde comenzó su canto. Aquí fue donde comenzó su vida. Comenzaron la vida con el alma en la mano. Bailaron entre el sol, el aire y la tierra cuando iba a salir la luna. Aquí bajo los árboles . . . Aquí sobre las flores . . .

Y bailaban cantando:

«¡Salud, oh constructores, oh formadores! Vosotros veis, Vosotros escucháis. ¡Vosotros! No nos dejéis, ¡Oh,

---

procesión, personas que van una detrás de otra en fila, de uno en uno.

patriarca, persona que por su edad y sabiduría tiene autoridad moral en la familia o en un pueblo.

cuero, cornamenta, liebre, jaguar, ver ilustración pág.8/9.

dioses!, en el cielo, sobre la tierra, Espíritu del cielo, Espíritu de la tierra. Dadnos nuestros hijos mientras haya días, mientras haya amaneceres. Que se haga el amanecer. Que los verdes caminos sean numerosos, los verdes caminos que vosotros nos dais. Que los hombres estén tranquilos, muy tranquilos. ¡Oh Maestro! ¡Tú el muy sabio! . . .»

Y bailaban cantando . . .

«¡Volvéos hacia nosotros, dadnos el verde, el amarillo, dad la vida a mis hijos! Que nazcan los que os *invoquen* en el camino, junto a los ríos, bajo los árboles. ¡Dadles hijas, hijos! ¡Que la mentira no entre nunca en ellos, que la mentira no entre detrás de ellos, que la mentira no entre delante de ellos! ¡Que no caigan, que no se quemen! ¡Que no haya peligro detrás de ellos! ¡Que no haya peligro delante de ellos! ¡Que no caigan ni hacia arriba del camino, ni hacia abajo del camino! ¡Dadles verdes caminos . . .! ¡Que sea buena la vida de nuestros hijos, los que os invoquen en el camino, junto a los ríos, bajo los árboles! ¡Que sea buena la vida de nuestros hijos en los cuatro extremos de la tierra, mientras existan los hombres, oh dioses!»

Y bailaban cantando.

Oscurece, corren hilos de sangre entre los árboles y el bosque es algo blando, sin huesos.

Noche *delirante*. En los árboles cantan los corazones de los *lobos*. La lengua del viento *lame* las flores. Hay bailes en los bosques. No hay estrellas, ni cielo, ni camino.

---

invocar, llamar pidiendo ayuda, especialmente a Dios.
delirante, aquí: extraordinaria, casi *irreal* (= no real).
lobo, ver ilustración pág. 8/9.
lamer, aquí: fig. pasar la lengua suavemente sobre algo.

Noche delirante. A los ruidos sigue el silencio, al mar, el desierto. En la sombra del bosque oigo voces de hombres, campanas, caballos que corren *galopando* por calles de piedras, veo luces, estrellas. Y me siento atado a una cruz. A los ruidos sigue el silencio, al mar, el desierto. Noche delirante. En la oscuridad no existe nada. En la oscuridad no existe nada. En la oscuridad no existe nada . . .

Agarrándome una mano con otra, bailo, bailo *al compás* de las vocales, ¡A – e – i – o – u! ¡A – e – i – o – u! ¡A – e – i – o – u!. ¡Más ligero! ¡A – e – i – o – u! ¡Más ligero! ¡No existe nada! ¡No existo yo, que estoy bailando en un pie! ¡A – e – i – o – u! ¡Más ligero! ¡U – o – i – e – a! ¡Más ligero! ¡Más! ¡Criiiicriiii! ¡Más! ¡Que mi mano derecha tire de mi mano izquierda hasta partirme en dos –aeiou–, pero cogido de las manos – ¡criiii . . . criiii! . . . .

Don Chepe y la Niña Tina oyen sin moverse, como los santos en las iglesias, sin decir palabra.

– Bailando como loco encontré el camino negro donde la sombra dice :«¡Camino rey es éste y quien lo siga rey será! » Allí vi a mi espalda el camino verde, a mi derecha el rojo y a mi izquierda el blanco. Los cuatro caminos que se cruzan.

De repente me encontré en un bosque de árboles humanos: las piedras veían, las hojas hablaban, las aguas reían y el sol, la luna y las estrellas se movían con voluntad propia. También se movían con voluntad propia el cielo y la tierra.

---

galopar, ir al *galope,* modo de correr los caballos, muy deprisa.
al compás, aquí: acompañando el baile con las vocales, diciéndolas o cantándolas.

El paisaje fue apareciendo en la luz.

Los caminos habían desaparecido por direcciones *opuestas* – opuestos están los cuatro extremos del cielo –, cuando los caminos habían desaparecido la oscuridad se puso sobre las cosas hasta hacerlas sombra, polvo, nada.

Noche delirante. El *tigre* de la luna, el tigre de la noche y el tigre de la dulce sonrisa vinieron a *disputar* mi vida, a deshacer la imagen de Dios – yo era en ese tiempo la imagen de Dios –, pero en ese momento cuando iban a deshacer la imagen de Dios la medianoche se *enroscó* a mis pies y las hojas por donde habían pasado los caminos se volvieron en *culebras* de cuatro colores que subían el camino de mi piel blando y *tibio* para el frío de ellas. Las culebras negras tocaron mi cabeza hasta dormirse contentas. Las blancas me

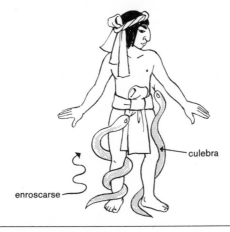

culebra

enroscarse

---

opuesta, en dirección contraria.
tigre, ver ilustración pág. 8/9.
disputar, aquí: reñir, discutir para ver quién se llevaba la vida.
tibio, ni frío, ni caliente.

rodearon la frente. Las verdes me cubrieron los pies con sus plumas de *kukul*. Y las rojas los órganos sagrados . . .

– ¡*Titilganabáh*! ¡Titilganabáh! . . . gritaron Don Chepe y la Niña Tina. – Les digo que se callen para poder seguir contando.

– La noche era tan oscura que el agua de los ríos se golpeaba en los montes y más allá de los montes Dios arrancaba los árboles con la mano del viento.

– ¡Noche delirante! Bailes en los bosques. ¡Noche delirante! Mis *raíces* crecieron y se extendieron. Llegué con ellas a atravesar ciudades y pensé y sentí con las raíces recordando la *movilidad* de cuando no era viento, de cuando no era sangre, de cuando no era espíritu, ni *éter* en el éter que llena la cabeza de Dios.

– ¡Titilganabáh! ¡Titilganabáh! . . .

– A lo largo de mis raíces, tantas que no se podrían contar, salió mi *palidez* (Cuero de Oro) y mi vida, mi vida sin principio ni fin.

– ¡Titilganabáh!

– Y después . . . – terminé cansado – sus personas me oyen, sus personas me tienen, sus personas me ven . . .

A medida que mis raíces van más hacia abajo me duele el corazón.

---

kukul, o quetzal ave simbólica, representativa, de Guatemala. Es muy bella y sólo puede vivir en libertad, si no está en libertad, muere.

Titilganabáh, Titil Gana Abah que quiere decir «afeites (= cosméticos) para los jefes».

raíz, ver ilustración pág. 8/9.

movilidad, capacidad de movimiento.

éter, aquí: sustancia transparente e invisible que se supone que llena el espacio.

palidez, condición de pálido, sin color.

Pero ahora que me acuerdo, he venido aquí a oir contar *leyendas* de Guatemala y no quiero que sus *mercedes* se callen, como si les hubiesen comido la lengua los *ratones* . . .

Es de noche.

– ¡Los ciegos ven el camino con los ojos de los perros! . . . dice Don Chepe.

– ¡Las *alas* son *cadenas* que nos atan al cielo! . . . dice la Niña Tina.

cadena

kukul

---

leyenda, hechos que tienen más de irreales que de reales.
mercedes, forma antigua de tratamiento, en plural, (= ustedes).
ratón, ala, ver ilustración pág. 8/9.

Preguntas

1. ¿Quiénes son las personas que hablan en este capítulo?

2. ¿Qué edad tienen Don Chepe y la Niña Tina?

3. ¿Por qué dura toda la vida la vida de Don Chepe?

4. ¿Qué cuenta el tercero de los personajes de este capítulo?

5. ¿Cuándo y para qué salió al bosque?

6. ¿Qué vio en el bosque?

7. ¿Cómo era la casa de Cuero de Oro?

8. Describa lo que ve en la selva Cuero de Oro.

9. ¿Qué vio Cuero de Oro que hacían los hombres?

10. ¿Qué decían y qué hacían los que bailaban?

11. ¿Cómo era la noche?

12. ¿Qué hace y qué dice Cuero de Oro cuando baila?

13. ¿Por qué interrumpen a Cuero de Oro Don Chepe y la Niña Tina?

14. ¿Por qué ha ido Cuero de Oro a donde estaban Don Chepe y la Niña Tina?

15. ¿Cree usted que éstos van a contar las leyendas de Guatemala?

16. Describa el ambiente de este capítulo, señale las cosas que le parecen reales y las que no se lo parecen.

Leyenda del *volcán*

Hubo en un siglo un día que duró
muchos siglos.

Seis hombres *poblaron* la Tierra de los Árboles: los tres
que venían en el viento y los tres que venían en el agua,
aunque no se veían más que tres. Tres estaban escondidos en el río y sólo les veían los que venían en el
viento cuando bajaban del monte a beber agua.

Seis hombres poblaron la Tierra de los Árboles.

Los tres que venían en el viento corrían en la libertad
de los campos sembrados de maravillas.

Los tres que venían en el agua se colgaban de las
ramas de los árboles que se reflejaban en el río a morder
las frutas o a *espantar* los pájaros, que eran muchos y
de todos los colores.

Los tres que venían en el viento despertaban a la
tierra, como los pájaros, antes que saliera el sol, y
anochecido, los tres que venían en el agua se tendían
como los peces en el fondo del río, sobre las hierbas
pálidas *fingiendo* gran fatiga; acostaban a la tierra antes
de que cayera el sol.

Los tres que venían en el viento, como los pájaros,
se alimentaban de frutas.

Los tres que venían en el agua, como los peces, se
alimentaban de estrellas.

Los tres que venían en el viento pasaban la noche en
los bosques, bajo las hojas que las culebras removían

---

volcán, ver ilustración pág. 18/19.
poblar, ocupar un lugar con gente para que viva en él.
espantar, asustar para que se vayan.
fingir, hacer como si se sintiera una cosa que no se siente.

mono

mico

ardilla

piragua

conejo

ceiba

2*

a cada instante o en lo alto de las ramas, entre *ardillas* y *micos*.

Y los tres que venían en el agua, pasaban la noche ocultos o se paraban a dormir como *piraguas* inmóviles en el río.

Calmaban el hambre en los árboles los tres que venían en el viento y los tres que venían en el agua y calmaban el hambre sin separar los frutos buenos de los frutos malos, porque a los primeros hombres les fue dado comprender que no hay fruto malo; que todos los frutos son sangre de la tierra dulce o amarga según el árbol que la tiene.

– ¡Nido! . . .

Pió Monte en un Ave.

Uno de los del viento se volvió para mirar y sus compañeros le llamaron Nido.

Monte en un Ave era el recuerdo de su madre y de su padre, animal color de agua llovida que mataron en el mar para poder llegar a la tierra.

A su muerte ganaron la costa húmeda y aparecieron en el paisaje de la playa que tenía cierto aire de *ensalmo*: los árboles separados y lejanos, los bosques, las montañas, el río que en el valle se iba quedando inmóvil . . . ¡La Tierra de los Árboles!

Avanzaron sin dificultad por aquella naturaleza de la costa fina como la luz de los *diamantes* y al acercarse al río la primera vez, para calmar la sed, vieron caer tres hombres al agua.

Nido calmó a sus compañeros – extrañas plantas

---

ardilla, mico, piragua, ver ilustración pág. 18/19.
piar, acción de la voz de algunas aves.
ensalmo, aquí: extraordinario, irreal.

diamante

máscara

que se movían, que miraban sus retratos en el río sin poder hablar.

– ¡Son nuestras *máscaras* tras ellas se ocultan nuestras caras! ¡Son nuestros dobles! ¡Son nuestra madre, nuestro padre, Monte en un Ave, que matamos para ganar la tierra!

La selva prolongaba el mar en tierra firme. Aire líquido bajo las ramas, con brillos azules en el claroscuro de la superficie y verdes de fruta en lo profundo.

Como si se acabara de retirar el mar, se veía el agua hecha luz en cada hoja, en cada hierba, en cada *reptil,* en cada flor, en cada *insecto* . . .

La selva continuaba hacia el Volcán llena, crecida: océano de hojas donde las *huellas* de los animales dibujaban *mariposas* . . .

Algo que se rompió en las nubes sacó a los tres hombres de su admiración.

Dos montañas movían los párpados a un paso del río:

La montaña que llamaban Cabrakán, montaña grande capaz de romper una selva entera entre sus brazos

---

reptil, animal que se arrastra como la culebra.

insecto, animal de seis patas y uno o dos pares de alas como la *mariposa,* (ver ilustración pág. 8/9).

huella, aquí: señal que dejan los animales al pisar.

pestañas

párpado

fuertes y capaz de levantar una ciudad entera sobre sus hombros *escupió* fuego hasta encender la tierra.

Y la encendió.

La montaña que llamaban Hurakán, montaña de nubes, subió al volcán a pelar el *cráter* con sus manos.

El cielo se oscureció de repente, detenido el día sin sol, asustadas las aves que escapaban por cientos y cientos, apenas se oía el grito de los tres hombres que venían en el viento indefensos sobre la tierra caliente.

En la oscuridad huían los monos, quedando el *eco* de su huida perdido entre las ramas.

Huían todos los animales: los grandes y los pequeños, los de la tierra y los del aire . . .

Y a grandes saltos empezaron a huir también las piedras, dando contra las *ceibas* que caían como *gallinas* muertas, y a todo correr huían las aguas llevando en la boca una gran sed blanca, perseguidas por la sangre de la tierra, *lava* quemante que borraba las huellas de las patas de los animales, que borraba las huellas de las patas de los *venados,* de los *conejos,* de los jaguares . . . las huellas de los peces en el río que hervía . . . las huellas de las aves en el aire que alumbraba un polvito de luz quemada, de ceniza de luz. Las estrellas cayeron

---

escupir, aquí: arrojar fuera de ella misma (la montaña).

cráter, ver ilustración pág. 18/19.

eco, aquí: sonido o ruido confuso, no claro.

ceiba, gallina, lava, venado, conejo, ver ilustración pág. 18/19.

sin mojarse las *pestañas* en la visión del mar. Las estrellas cayeron en las manos de la tierra, *mendiga* ciega que no sabiendo que eran estrellas, por no quemarse, las apagó.

Nido vio desaparecer a sus compañeros llevados con fuerza por el viento, y a sus dobles, en el agua, llevados con fuerza por el fuego y cuando estuvo solo vivió el *Símbolo*. Dice el Símbolo: Hubo en un siglo un día que duró muchos siglos.

Un día que fue todo mediodía, un día de cristal, clarísimo, sin anochecer y sin amanecer, sólo mediodía, un día de cristal, clarísimo.

– Nido – le dijo el corazón-, al final de este camino . . .

Y el corazón no continuó porque una *golondrina* pasó muy cerca para oir lo que decía.

Esperó la voz de su corazón, pero la voz de su corazón no volvió, pero en cambio nació, a manera de otra voz en su alma, el deseo de andar hacia un país desconocido.

Oyó que le llamaban.

Al final de un caminito pintado en el paisaje le llamaba una voz muy honda.

Las arenas del camino, al pasar él *se convertían* en alas y era una maravilla ver cómo a sus espaldas se levantaba hacia el cielo un camino blanco, sin dejar huella en la tierra . . .

Anduvo y anduvo . . .

Anduvo y anduvo hacia adelante . . .

Adelante el aire se llenó de sonido de campanas.

---

mendigo, persona que es muy pobre y pide a los otros para poder vivir.

símbolo, lo que representa algo.

golondrina, ver ilustración pág. 18/19.

convertirse, aquí: cambiarse en, hacerse.

Las campanas entre las nubes repetían su nombre:

¡Nido!

¡Nido!   ¡Nido!

¡Nido!

¡Nido!

¡Nido!   ¡Nido!

Los árboles se poblaron de *nidos*. Y vio un santo, una *azucena* y un niño. Santo, flor y niño le recibían. Y oyó:

– Nido, ¡quiero que me levantes un templo!

La voz se deshizo como un *manojo* de rosas sacudidas al viento y florecieron azucenas en la mano del santo y sonrisas en la boca del niño.

Dulce regreso de aquel país lejano en medio de una nube de cristal. El Volcán apagaba sus *entrañas* y Nido, que era joven, después de un día que duró muchos siglos, se volvió viejo y no le quedó tiempo sino para *fundar* un pueblo de cien casitas alrededor de un templo.

azucena

---

nido, lugar que preparan las aves para poner sus huevos.

manojo, aquí: las flores que se pueden coger en una mano de una sola vez.

entrañas, aquí: el interior del volcán.

fundar, hacer, construir.

Preguntas

1. ¿Quiénes fueron, según esta leyenda, los primeros pobladores de la tierra?

2. Describa a estos hombrès que poblaron la tierra.

3. ¿De dónde venían estos hombres? ¿Qué comían? ¿Qué hacían?

4. ¿Quién es Nido?

5. ¿Quién es Monte en un Ave?

6. ¿Por qué tuvieron miedo los compañeros de Nido?

7. ¿Qué hacen las montañas?

8. ¿Por qué huían los animales?

9. ¿Qué hizo Nido?

10. ¿Quién le habló a Nido, pidiéndole que hiciese un templo?

11. ¿Qué había hecho el Volcán?

13. ¿Qué impresión le ha causado esta leyenda?

14. ¿Puede comentar por qué las cosas parecen personas?

15. ¿Qué impresión le ha hecho el paisaje de esta leyenda?

16. ¿Qué piensa de los personajes de esta leyenda?

telaraña

lagartija

MONASTERIO

trenza

gabán

monja   novicia   umbral   tacón   botín

Leyenda del *Cadejo*

Madre Elvira de San Francisco, *prelada* del *monasterio* de Santa Catalina, sería andando el tiempo la *novicia* que recortaba las *hostias* en el monasterio de la Concepción, joven de gran hermosura y de habla tan *candorosa* que la palabra parecía en sus labios flor de cariño.

Desde una ventana amplia y sin cristales miraba la novicia volar las hojas secas por el calor del verano, vestirse los árboles y caer las frutas maduras en las huertas vecinas al *convento*.

Fuera de su ventana, en las habitaciones se unía la sombra calentita al silencio del patio, roto solamente por el ir y venir de las *lagartijas* y al perfume blando de las hojas.

Y dentro, en la dulce compañía de Dios Elvira de San Francisco unía su espíritu y su carne a la casa de su infancia, de pesadas puertas y llena de rosas.

hostia

Las voces de la ciudad interrumpían la paz de su ventana; la risa de un hombre al terminar la carrera de un caballo, el ruido de un *carro* que pasa o el llorar de un niño.

---

cadejo, animal de leyenda.
prelada, monja, principal y superior (ver nota a *novicia*).
monasterio, ver ilustración pág. 26/27.
novicia, la que se prepara para vivir toda su vida en un monasterio (= *convento*) entregada a Dios (= monja).
candorosa, ingenua, pura, limpia.
lagartija, ver ilustración pág. 26/27.
carro, ver ilustración pág. 33.

Por sus ojos pasaban el caballo, el carro, el hombre, el niño vistos en paisajes de aldea, bajo cielos tranquilos . . .

Y el olor acompañaba a estas imágenes: el cielo olía a cielo, el niño a niño, el campo olía a campo, el carro a hierba seca, el caballo a rosal viejo, el hombre a santo, las sombras a reposo de domingo y el reposo del domingo a ropa limpia . . .

Oscurecía. Las sombras hacían desaparecer su pensamiento. Se oían campanas . . . las campanas acercaban a la copa de la tarde sus labios sin *murmullos* . . . Besos ¿Quién habla de besos? El viento sacudía las flores . . . ¿Quién habla de besos? . . . Un *taconeo* de alguien que iba con mucha prisa la asustó. ¿Habría oido mal? ¿No sería el señor de las pestañas largas que pasaba los viernes a última hora de la tarde para recoger las hostias para llevarlas a nueve lugares de allí, al Valle de la Virgen, donde en una *colina* se alzaba la *ermita*?

Le llamaban el hombre-*adormidera*. El viento andaba por sus pies. Se iba apareciendo a medida que dejaban de oirse sus pasos . . . . .: el sombrero en la mano, los *botines* pequeñines, algo así como dorados, envuelto en un *gabán* azul, y esperaba las hostias en el *umbral* de la puerta para llevarlas a nueve lugares de allí, al Valle de la Virgen.

Sí que era. Pero esta vez venía asustadísimo y como volando, como para evitar una gran desgracia.

– ¡Niña, niña – entró dando voces-, le cortarán la

---

murmullo, voz baja y suave.
taconeo, ruido hecho con el *tacón.* (ver ilustración pág. 26/27).
colina, ermita, ver ilustración pág. 33.
adormidera, planta de flores grandes de la que se saca el opio.
botín, gabán, umbral, ver ilustración pág. 26/27.

trenza, le cortarán la trenza, le cortarán la trenza! . . .

Pálida, la novicia se puso en pie para ganar la puerta al verle entrar; pero estaba calzada con unos zapatos que en vida usaba una monja *paralítica,* y al oir gritar al hombre sintió que le ponía los pies la monja que pasó la vida inmóvil, y la novicia sintió que no podía dar un paso . . .

Las lágrimas, como estrellas, le llenaban la garganta. Los pájaros cortaban el atardecer . . . Dos árboles *gigantes* parecían rezar.

Atada a los pies del cadáver, el de la monja inválida, sin poder moverse lloró sin poderse consolar tragándose las lágrimas en silencio, como los enfermos a quienes se les secan y enfrían por partes, las partes de su cuerpo. Se sentía muerta, se sentía bajo la tierra, sentía que en su *tumba* – el vestido que ella llenaba de tierra con su ser – florecían rosales de palabras blancas, y poco a poco su llanto se hizo alegría tranquila. Las monjas – rosales que se movían – se cortaban las rosas unas a otras para adornar el *altar* de la Virgen, los altares de la Virgen, y de las rosas salía el mes de mayo, *telaraña* de olores en la que Nuestra Señora caía prisionera temblando como una mosca de luz.

Pero el sentimiento de su cuerpo florecido después de la muerte fue una dicha pasajera.

Como a una *cometa* que de pronto le falta el hilo entre las nubes, el peso de su trenza la hizo caer de cabeza en el infierno.

---

trenza, ver ilustración pág. 26/27.
paralítica, que no puede moverse, aquí: andar.
gigantes, muy grandes.
tumba, lugar donde se entierra a los muertos.
telaraña, ver ilustración pág. 26/27.

altar

En su trenza estaba el misterio. Suma de instantes llenos de angustia. Perdió el sentido unos momentos y cuando estaba casi cerca del lugar donde estaban los

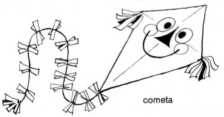

cometa

diablos volvió a sentirse en la tierra. Alrededor de ella se abría un *abanico* de realidades posibles: la noche, los árboles . . .

La ventana y ella se llenaban de cielo . . .

– ¡Niña, Dios sabe a sus manos cuando *comulgo*! . . . dijo en voz muy baja el del gabán, alargando sobre sus ojos ardientes sus largas pestañas.

La novicia retiró las manos de las hostias al oirle decir aquel terrible pecado . . . ¡No, no era un sueño! . . . Luego se tocó los brazos, la cara, el cuello, los hombros,

---

abanico, aquí: fig., ver ilustración pág. 32.

comulgar, entre los católicos recibir el cuerpo (= hostia) de Cristo.

31

abanico

la trenza . . . Detuvo el aliento por unos instantes, un momento largo como un siglo. ¡No, no era un sueño! bajo el pelo tibio de su trenza revivía, dándose cuenta de sus adornos de mujer, acompañada en sus bodas diabólicas del hombre-adormidera, y de una vela encendida en el extremo de la habitación. La luz sostenía la imposible realidad del enamorado, que extendía los brazos como un Cristo . . .

Cerró los ojos para huir de aquella *visión* de infierno, del hombre que con sólo ser hombre la *acariciaba* hasta donde ella era mujer; pero al bajar sus pálidos párpados se levantó de sus zapatos llena de llanto la monja paralítica, abrió los ojos, se salió de sus adentros, sacudiéndose entre el *estertor* de una *agonía* ajena que llevaba en los pies y el *chorro* de carbón vivo de su trenza que llevaba a la espalda como llama invisible . . .

Y no supo más de ella. Entre un cadáver y un hombre, medio loca, sembrando el suelo de hostias corrió en

---

visión, lo que se ve o se cree ver, que no tiene realidad pero se toma como verdadero.
acariciar, pasar la mano sobre algo o sobre alguien con amor.
estertor, respiración difícil del que va a morir.
agonía, momento antes de morir.
chorro, agua u otro líquido que sale de golpe y con fuerza por un lugar estrecho; aquí: figurado.

ermita colina

carro

3 Leyendas de Guatemala

busca de sus *tijeras,* y, al encontrarlas se cortó la trenza y, libre de su *hechizo* huyó en busca del refugio seguro de la madre superiora, sin sentir más sobre sus pies los de la monja paralítica . . .

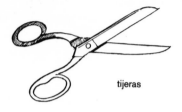

tijeras

Pero al caer su trenza, ya no era trenza: se movía, se movía sobre las hostias sembradas por el suelo.

El hombre-adormidera se fue hacia la luz. En las pestañas largas tenía las lágrimas como unas llamitas que se apagan. Salió . . . Iba solo sin mover las sombras, sin hacer ruido . . . queriendo llegar a la llama que creía su salvación . . . Pronto su paso lento se hizo desesperada *fuga.* El reptil sin cabeza dejaba las hostias sembradas por el suelo y se iba muy deprisa hacia él. *Reptó* bajo sus pies, como sangre negra de un animal muerto, y de pronto cuando el hombre-adormidera iba a tomar la luz, saltó a enroscarse en la vela, que hizo llorar hasta que se acabó, por el alma del que con la vela se apagaba para siempre. Y así llegó a la eternidad el hombre-adormidera, por quien lloran los *cactus* lágrimas blancas todavía.

---

hechizo, fuerza sobrenatural (sobre lo natural) que obra sobre alguien.
fuga, huida.
reptar, modo de moverse, arrastrándose, como los reptiles.
cactus, ver ilustración pág. 71.

El demonio había pasado por la trenza, que al apagarse la vela cayó en el suelo.

Y a la media noche, convertido en un animal largo, con *uñas* de *cabra*, orejas de conejo y cara de *murciélago*, el hombre-adormidera se llevó al infierno la trenza negra de la novicia que con el tiempo sería Madre Elvira de San Francisco – así nace el Cadejo-, mientras ella soñaba entre sonrisas de ángeles, de rodillas en su *celda* con la azucena y el *Cordero Místico*.

uña

cabra

murciélago

---

celda, nombre que se da a las habitaciones en los conventos.
Cordero Místico, Jesucristo, Esposo de las vírgenes.

Preguntas

1. ¿Quién era la Madre Elvira?

2. ¿Qué hacía la novicia?

3. ¿En qué pensaba la novicia mientras recortaba las hostias?

4. ¿Cómo es en el recuerdo de la novicia la casa de su infancia?

5. ¿Por qué se asustó la novicia?

6. ¿Quién era el hombre-adormidera? ¿Qué hacía? ¿Por qué iba al convento?

7. Describa al hombre-adormidera a) fisicamente, b) espiritualmente.

8. ¿Qué siente el hombre-adormidera hacia la novicia?

9. ¿Por qué la novicia, asustada, no puede moverse?

10. ¿Qué sintió, durante un momento la novicia, mientras se sintió inmóvil?

11. Describa lo que pasa por el pensamiento de la novicia en estos momentos.

12. Describa la visión del infierno que tuvo la novicia.

13. ¿Qué hizo la novicia con su trenza?

14. ¿En qué se convirtió la trenza de la novicia al ser cortada?

15. ¿Qué hace entonces el hombre-adormidera y qué le sucede?

16. Resuma el nacimiento de esta leyenda.

17. ¿Quién es el Cadejo? ¿Cómo se lo imagina usted?

Leyenda de la *Tatuana*

El maestro *Almendro* tiene la barba rosada, fue uno de los sacerdotes que los hombre blancos tocaron creyendo que eran de oro, lo creyeron al verlos vestidos con tanta riqueza. El maestro Almendro sabe el secreto de las plantas que lo curan todo, conoce y entiende lo que dice la obsidiana, piedra que habla.

almendro

El maestro Almendro es el árbol que apareció un día en el bosque donde está plantado, sin que nadie lo sembrara, como si lo hubieran llevado allí los *fantasmas*. El árbol que anda . . . El árbol que cuenta los años de cuatrocientos días por las lunas que ha visto, que ha

fantasma

Tatuana, ver nota pág. 47.

visto muchas lunas, como todos los árboles, y que vino ya viejo del Lugar de la *Abundancia*.

Cuando se hizo luna llena la luna del *Búho-Pescador* (nombre que se da a uno de los veinte meses del año de cuatrocientos días), el maestro Almendro repartió su alma entre los caminos.

búho

Cuatro eran los caminos y se marcharon por direcciones opuestas hacia los cuatro extremos del cielo. El extremo negro: Noche *sortílega*. El extremo verde: Tormenta primaveral. El extremo rojo: *Guacamayo* o *éxtasis* del trópico. El extremo blanco: *Promesa* de tierras nuevas. Cuatro eran los caminos.

– ¡Caminín! ¡Caminito! . . . – dijo al Camino Blanco una paloma blanca, pero el Caminito Blanco no la oyó. Quería que le diera el alma del Maestro, que cura de los sueños. Las palomas y los niños sufren de ese mal.

– ¡Caminín! ¡Caminito! . . . – dijo al Camino Rojo un

---

abundancia, aquí: lugar rico, donde hay muchas cosas útiles para la vida del hombre en aquel lugar.

Búho-Pescador, nombre de uno de los meses de 400 días.

sortílega, de sortilegio (= hechizo).

guacamayo, ave americana, cuyas plumas son rojas, azules y amarillas.

éxtasis, estado del alma dominada por un gran sentimiento de admiración.

promesa, lo que se desea dar.

38

guacamayo

corazón rojo; pero el Camino Rojo no lo oyó. Quería que el Camino se distrajera para que olvidara el alma del Maestro. Los corazones, como los ladrones, no devuelven las cosas olvidadas.

– ¡Caminín! ¡Caminito! . . . – dijo al Camino Verde un *emparrado* verde, pero el Camino Verde no lo oyó. Quería que con el alma del Maestro le pagara algo por las hojas y la sombra.

¿Cuántas lunas pasaron andando los caminos?

¿Cuántas lunas pasaron andando los caminos?

El más rápido, el Camino Negro, el camino a quien ninguno habló en el camino, se detuvo en la ciudad, atravesó la plaza y en el barrio de los *mercaderes,* por un ratito de descanso, dio el alma del Maestro al Mercader de *Joyas* sin precio.

Era la hora de los gatos blancos. Los gatos blancos iban de un lado a otro ¡Admiración de los rosales! Las nubes parecían ropas puestas a secar en los *tendederos* del cielo.

Al saber el Maestro lo que el Camino Negro había

---

emparrado, mercader, tendedero, ver ilustración pág. 40/41.
joya, objeto de adorno hecho con piedras preciosas (= de gran valor).

tendedero

cántaro

pila

hecho, tomó de nuevo naturaleza humana, se desvistió de la forma *vegetal* en un río pequeñito que nacía bajo la luna y se fue a la ciudad.

Llegó después de haber andado un día entero. Llegó en el primer dibujo de la tarde, a la hora en que volvían los *rebaños,* hablando con los *pastores* que contestaban muy brevemente a sus preguntas extrañados de su *túnica* verde y de su barba rosada.

Cuando estuvo ya en la ciudad se dirigió a *Poniente.* Los hombres y las mujeres estaban alrededor de las *pilas* públicas. El agua sonaba a besos al ir llenando los *cántaros.* Guiado por las sombras el Maestro encontró

pastor

rebaño

---

vegetal, planta; aquí: propio de planta.
túnica, ver ilustración pág. 44.
poniente, la parte por donde se oculta el sol (= se pone).
pila, cántaro, ver ilustración pág. 40/41.

en el barrio de los mercaderes la parte de su alma vendida por el Camino Negro al Mercader de Joyas sin precio. La guardaba en el fondo de una caja de cristal con *cerrador* de oro.

Sin perder tiempo el Maestro Almendro se acercó al mercader que fumaba y le ofreció por ella cien *arrobas* de perlas.

El Mercader se rió de la locura del Maestro ¿Cien arrobas de perlas? ¡No, sus joyas no tenían precio!

El Maestro aumentó la cantidad. Los mercaderes siempre dicen que no hasta llegar a una suma. Le daría *esmeraldas,* grandes hasta que pudiera formar un lago de esmeraldas.

El mercader sonrió de la locura del Maestro ¿Un lago de esmeraldas? ¡No, sus joyas no tenían precio!

El Maestro le dijo que le daría cosas extraordinarias.

El Mercader se negó siempre, siempre dijo que no al Maestro.

¡No, sus joyas no tenían precio! Además ¿para qué seguir hablando? – ese pedacito de alma lo quería para cambiarlo en un mercado de *esclavas,* por la esclava más bella.

Y todo fue inútil, inútil que el Maestro le ofreciera y le dijera tanto como lo hizo, su deseo de volver a tener su alma.

Los mercaderes no tienen corazón.

Después de un año de cuatrocientos días – sigue diciendo la leyenda – el Mercader iba por los caminos.

---

cerrador, ver ilustración pág. 40/41.
arroba, medida de peso que equivale a 11,5 kilogramos.
esmeralda, piedra preciosa de color verde.
esclavo. el que no tiene libertad por estar dominado por otro.

basura

asno   buey   túnica

Volvía de paises lejanos, acompañado de la esclava que había comprado con el alma del Maestro, del pájaro flor cuyo pico cambiaba en flores las gotas de miel y de treinta servidores que le seguían.

– ¡No sabes – le decía el Mercader a la esclava – qué bien vas a vivir en la ciudad! ¡Tu casa será un palacio y todos mis criados estarán a tus órdenes, y yo el último, si así lo mandas tú!

– Allá – seguía diciéndole el Mercader a la esclava – todo será tuyo. ¡Eres una joya, y yo soy el Mercader de Joyas sin precio! ¡Vales un pedacito de alma que yo no quise cambiar por un lago de esmeraldas! . . .

– Allá – seguía diciéndole el Mercader a la esclava, veremos sentados juntos caer el sol y levantarse el día sin hacer nada, oyendo los cuentos de una vieja que sabe mi *destino*. Mi destino, dice la vieja, está en las manos de un gigante, y sabrás el tuyo si así lo pides tú.

La esclava miraba el paisaje de colores pálidos y los árboles a los lados del camino. Las aves daban la impresión de volar dormidas, sin alas, en la tranquilidad del cielo y el silencio.

La esclava iba desnuda. Sobre sus *senos* hasta sus piernas le caía su cabellera negra como una serpiente. El Mercader iba vestido de oro. Estaba enfermo y enamorado. Al frío de su enfermedad se unía el temblor de su corazón. Veía a sus treinta servidores como en un sueño . . .

De repente, grandes gotas de agua parecieron mojar la tierra. Se oía desde muy lejos el grito de los pastores que llamaban a sus animales, temerosos de la tempestad. Los caballos empezaron a andar más deprisa buscando dónde guardarse de la tempestad. Pero no tuvieron tiempo. Después de las gotas grandes el viento se hizo más fuerte y estalló la tormenta.

Un caballo, el caballo en el que iba el Mercader se cayó. El Mercader cayó al pie de un árbol que partido por el rayo en ese mismo instante le tomó con las raíces como una mano que recoge una piedra y le arrojó al *abismo*.

Mientras tanto el Maestro Almendro se había quedado por la ciudad perdido y andaba como loco de un lado a otro por las calles, asustando a los niños, recogiendo *basuras* y dirigiéndose de palabra a los *asnos*, a los *bueyes* y a los perros sin dueño, que para él formaban

---

destino, aquí: lo que ha de pasarle en la vida.
senos, pechos.
abismo, lugar profundo y peligroso.

junto con el hombre una fila de bestias con mirada triste.

– ¿Cuántas·lunas pasaron andando los caminos? . . . – preguntaba a las gentes de puerta en puerta y las gentes cerraban las puertas sin responderle asustados de su túnica verde y de su barba rosada.

Pasando mucho tiempo y siempre preguntado a todos se detuvo a la puerta del Mercader de Joyas sin precio a preguntar a la esclava, la única que sobrevivió a aquella tempestad:

– ¿Cuántas lunas pasaron andando los caminos?

El sol, que iba sacando la cabeza de la camisa blanca del día hacía desaparecer en la puerta la espalda del Maestro y la cara de la que era un pedacito de su alma, joya que no pudo comprar con un lago de esmeraldas.

– ¿Cuántas lunas pasaron andando los caminos? . . .

Entre los labios de la esclava se quedó la respuesta y se hizo dura como los dientes. El maestro callaba con silencio de piedra. La luna del Búho-Pescador se hizo de nuevo luna llena. En silencio se lavaron la cara con los ojos, al mismo tiempo, como dos amantes que han estado separados y se encuentran de pronto.

La escena fue *turbada* por voces y por ruidos. Venían a prenderles en nombre de Dios y en nombre del Rey, por *brujo* a él, por *endemoniada* a ella. Entre cruces y *espadas* los llevaron presos. El Maestro iba con su túnica verde y su barba rosada y la esclava desnuda. Sus carnes de tan firmes parecían de oro.

---

turbada, interrumpida.
brujo, hombre del que se dice que tiene amistad (= pacto) con el demonio.
endemoniada, poseída por el demonio.

Siete meses después dijeron que tenían que morir quemados en la Plaza Mayor. Eso dijo la Justicia.

El día antes de que esto sucediera el Maestro se acercó a la esclava y con la *uña* le *tatuó* un barquito en el brazo diciéndole:

espada

uña

– Por este tatuaje, Tatuana, vas a huir siempre que estés en peligro, como vas a huir hoy. Mi voluntad es que seas libre como mi pensamiento; dibuja este barquito en la pared, en el suelo, en el aire, donde quieras, cierra los ojos, entra en él y vete . . .

¡Vete, pues mi pensamiento es más fuerte!

¡Pues mi pensamiento es más dulce que la miel de las abejas!

¡Pues mi pensamiento es el que se hace invisible!

Sin perder un segundo la Tatuana hizo lo que el Maestro le dijo: dibujó el barquito, cerró los ojos y entrando en él – el barquito se puso en movimiento-, escapó de la prisión y de la muerte.

Y a la mañana siguiente, la mañana en que iban a quemarlos encontraron en la cárcel un árbol seco que tenía entre las ramas dos o tres florecitas de almendro, rosadas todavía.

---

tatuar, hacer dibujos debajo de la piel humana, poniendo debajo de ella materias que dan color (= colorantes).

Preguntas

1. ¿Quién es el maestro Almendro?

2. ¿Quién es la luna del Búho-Pescador?

3. ¿Qué hizo el maestro Almendro con su alma?

4. ¿Quiénes recibieron las partes del alma del maestro Almendro?

5. ¿Cómo eran los caminos? ¿Cómo se llamaban?

6. ¿Puede comentar estos nombres?

7. ¿Qué quería la paloma que habló con el Camino Blanco?

8. ¿Qué hizo el Camino Blanco?

9. ¿Quiénes hablaron al Camino Rojo y al Camino Verde? ¿Qué querían los que les hablaron?

10. ¿Qué hizo el Camino Negro?

11. ¿Le gustó al maestro Almendro lo que hizo el Camino Negro?

12. ¿Qué hizo el maestro Almendro para recuperar su trozo de alma? ¿Lo consigue?

13. ¿Qué compró el Mercader con el trozo de alma del maestro?

14. ¿Cómo murió el Mercader?

15. ¿Cuándo encontró el maestro su trozo de alma?

16. ¿Por qué la esclava se llamará Tatuana?

17. ¿Cómo se libran el maestro y la esclava de ser quemados?

Leyenda del sombrerón

El Sombrerón recorre los portales . . .

En aquel apartado rincón del mundo, tierra prometida a una Reina por un *Navegante* loco, la mano religiosa había construido el más hermoso templo al lado de los dioses que no hacía mucho tiempo habían sido testigos de la *idolatría* del hombre.

Los religiosos encargados del culto se entregaron al cultivo de las bellas artes y al estudio de las ciencias y de la filosofía, y olvidaron sus obligaciones y deberes hasta tal punto, que como se sabrá el Día del Juicio Final, se olvidaban de abrir las puertas del templo, después de llamar a *misa* y se olvidaban también de cerrarlo muchas veces, al terminar las oraciones de la tarde.

Y era de ver y era de oir y de saber la tranquila *tertulia* de los poetas, y la alegría dulce de los músicos y el trabajo de los pintores todos ellos dedicados y entregados a hacer mundos sobrenaturales.

Y era de ver y era de oir y de saber las discusiones en que pasaban días y noches . . .

Dicen que de la conversación de los filósofos no quedó nada. Tampoco quedó nada de la de los sabios. Hablaron un siglo sin escribir ni una palabra porque dicen que la Sabiduría *Suprema* les hizo oir una voz que les decía que no gastaran el tiempo en escribir sus obras.

---

navegante, que recorre los mares en un barco (= navegar).
idolatría, culto a los ídolos (= figuras de los dioses falsos).
misa, parte central del culto cristiano.
tertulia, reunión de personas para charlar.
suprema, superior (a toda sabiduría).

De los artistas tampoco hay muchas noticias. Y tampoco de los músicos. En las iglesias se encuentran las pinturas cubiertas de polvo. Las pinturas son de imagenes que se ven en fondos pardos al pie de las ventanas abiertas sobre paisajes extraños por el cielo tan nuevo y por los volcanes.

Entre los que hacían *esculturas,* los escultores, hubo algunos que a juzgar por las caras tristes de las Dolorosas y los Cristos debieron ser españoles tristes. Eran admirables.

Los poetas escribían versos pero de sus obras solamente se conocen palabras sueltas.

Sigamos. Sigamos con los *monjes* . . .

Entre los unos, sabios y filósofos y los otros, artistas y locos, había uno a quien llamaban solamente el Monje que no tomaba parte en las discusiones de unos ni en las tertulias de los otros y que amaba mucho a Dios y cuidaba de las cosas de Dios. Pensaba el Monje que todo lo que hacían los otros eran pasatiempos del demonio.

El Monje vivía en oración dulces y buenos días, cuando uno de estos días pasó por la calle que rodea el convento, un niño jugando con una *pelotita* de goma.

Y sucedió . . .

Y sucedió, repito, que por la única y pequeña ventana de su celda, se metió la pelotita en uno de sus saltos.

El Monje que leía la *Anunciación* de Nuestra Señora en un libro de los de antes, vio entrar el cuerpecito

---

escultura, figura que representa a una persona, un animal o una cosa y está hecha de piedra, por ejemplo.

anunciación, saludo que el ángel le hace a la Virgen de parte de Dios, para decirle (= anunciarle) que sería madre de Jesucristo.

monje   pelota

extraño, vio entrar la pelotita y la vio saltar del suelo a la pared, de la pared al suelo, hasta perder la fuerza y caer a sus pies como un pajarito muerto. ¡Lo sobrenatural! El Monje sintió miedo.

El corazón le daba golpes muy fuertes. Pero enseguida se le pasó el miedo y sonrió al ver la pelotita. Sin cerrar el libro en el que estaba leyendo la Anunciación de Nuestra Señora, y sin levantarse de donde estaba sentado se bajó para coger la pelotita del suelo y volverla a echar por la ventana a la calle.

Pero cuando iba a hacer esto le entró una alegría que no pudo explicarse y cambió de pensamiento: al tocar la pelotita sintió *gozos* de santo, gozos de artista, gozos de niño . . .

Lleno de alegría y sin abrir bien sus ojillos apretó

---

gozo, alegría profunda.

la pelota con toda la mano como quien hace una caricia, y la dejó caer enseguida, como quien suelta una *brasa,* pero la pelotita dando un salto en el piso se puso en sus manos tan rápida que casi no tuvo tiempo de tomarla en el aire y correr a esconderse con ella en el rincón más oscuro de la celda, como el que ha *cometido* un crimen.

Poco a poco sentía el santo hombre un deseo loco de saltar como la pelotita. Su primer pensamiento había sido volver a tirar la pelotita por la ventana a la calle, pero ahora no pensaba en semejante cosa. Ahora tocaba con alegría su redondez de fruta, contemplaba su blancura y casi se la llevó a los labios y casi pensó morderla con sus dientes manchados de tabaco; en el cielo de la boca sentía un millar de estrellas . . .

– ¡La Tierra debe ser esto en las manos de Dios! – pensó.

No lo dijo porque en ese instante la pelota se le escapó de las manos volviendo enseguida a ellas en un salto.

– ¿Extraña o diabólica? . . . pero enseguida se sentía amigo de la pelota por su deseo de levantarse hacia el cielo.

Y así fue en aquel convento, que mientras unos monjes cultivaban las Bellas Artes, y otros las Ciencias y la Filosofía, el nuestro jugaba con la pelotita.

Nubes, cielo, flores . . . Ni un alma en la tranquilidad del camino . . . El día salía de las narices de los bueyes, blanco, caliente.

A la puerta del templo esperaba el Monje, después de llamar a misa, la llegada de la gente, jugando con

---

brasa, sustancia encendida y quemada.
cometer, hacer.

la pelotita que había olvidado en la celda. ¡Tan ligera, tan blanca! se decía el monje . . . Sería muy triste perderla . . . no, no la perdería . . . siempre estaría con ella . . . hasta la muerte . . .

¿Y si fuese el demonio?

Pero sonreía y se le quitaba el miedo: la pelotita era menos endemoniada que las Artes, las Ciencias y la Filosofía y para no dejarse coger por el miedo pensaba en la pelotita tan ligera, tan blanca . . .

Por los caminos – todavía no había calles en la ciudad – llegaban a la iglesia hombres, mujeres . . . todos vestidos con los trajes nuevos . . . pero el Monje no los veía pues estaba con sus pensamientos. La iglesia era de piedras grandes, pero en el cielo sus *torres* y *cúpula* perdían peso, haciéndose ligeras. La iglesia tenía tres puertas mayores en la entrada principal, y entre ellas grupos de *columnas* y altares dorados. Los pisos eran de un suave color azul. Los santos estaban como peces inmóviles en el templo.

En el aire tranquilo se oían las palomas, los ganados, los gritos de los hombres. Los ganados al ir subiendo por las colinas formaban caminos blancos, caminos que se movían, caminos de humo, para jugar una pelota con un monje en la mañana azul . . .

– ¡Buenos días le dé Dios, señor!

La voz de una mujer sacó al monje de sus pensamientos. La mujer traía de la mano a un niño triste.

– ¡Vengo, señor, a que, por lo que más quiera, le *eche los Evangelios* a mi hijo, que desde hace tres días

---

torre, cúpula, columna, ver ilustración pág. 54.
echar los evangelios, decir unas oraciones para que el diablo se aleje de la persona, teniendo el Evangelio (= Nuevo Testamento) en la mano.

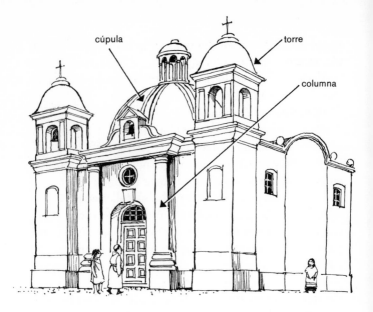

cúpula · torre · columna

está llora que llora, desde que perdió aquí, al lado del convento, una pelota que, usted debe saberlo, los vecinos decían que era la imagen del demonio ... (... tan ligera, tan blanca ...).

El Monje se detuvo a la puerta para no caer del *susto,* y, dando la espalda a la madre y al niño, se fue corriendo hacia su celda, sin decir palabra con los ojos *nublados* y los brazos en alto.

Llegar a su celda y tirar la pelotita todo fue uno.

– ¡Lejos de mí, Satán! ¡Lejos de mí, Satán!

La pelota cayó fuera del convento y, dando un gran salto, se abrió como por *encanto* en forma de sombrero

---

susto, impresión de miedo que llega de repente.

nublado, que no está claro.

encanto, aquí: como por arte sobrenatural.

negro sobre la cabeza del niño, que corría tras ella. Era el sombrero del demonio.

Y así nace al mundo el Sombrerón.

Preguntas

1. ¿Qué hacían los religiosos de los que se nos habla en esta leyenda?

2. ¿Qué hacía el religioso a quien llamaban el Monje?

3. ¿Qué estaba haciendo cuando entró la pelota por la ventana?

4. ¿Cuál fue la primera idea del Monje al ver la pelota?

5. ¿Qué le hace cambiar su primera idea?

6. ¿Qué iba sintiendo el Monje mientras tenía la pelota?

7. ¿Qué hacía el Monje con la pelota?

8. ¿Cómo era la pelota? ¿Cree usted que era una pelota especial?

9. Describa la iglesia.

10. ¿Por qué el niño que iba con la mujer estaba tan triste?

11. ¿Qué le pide la madre del niño al Monje?

12. ¿Qué hace el Monje?

13. ¿Qué o quién era la pelota?

14. ¿Puede resumir de qué manera nace la leyenda que acaba de leer?

15. ¿Conoce usted alguna leyenda parecida a ésta?

Leyenda del tesoro del Lugar *Florido*

¡El volcán *despejado* era la guerra!

Se iba apagando el día entre las piedras húmedas de la ciudad, poco a poco, como se va apagando el fuego en la ceniza. El cielo estaba rojo, la sangre de las *pitahayas* goteaba entre las nubes, rojas a veces, a veces rubias, como el pelo del maíz.

En lo alto del templo un *vigilante* vio pasar una nube muy cerca del lago, casi tocando el agua, casi besando el agua, y la nube se quedó a los pies del volcán. La nube se detuvo, y tan pronto como el sacerdote la vio cerrar los ojos, sin recogerse el *manto* que arrastraba

manto

---

florido, con flores, de flores.
despejado, que se ve bien, descubierto.
pitahaya, planta de la familia de los cactus, ver ilustración pág. 71.
vigilante, el que está de guardia (= vigila) para avisar de lo que suceda.

hasta las escaleras bajó al templo gritando que la guerra había terminado. Dejaba caer los brazos como un pájaro deja caer las alas y a cada grito los volvía a levantar. Hacia Poniente el sol puso en sus barbas, como en las piedras de la ciudad un poco de algo que moría . . .

Los *pregoneros* salieron para anunciar a los cuatro vientos a todas las gentes que la guerra había terminado.

Y ya fue noche de mercado. El lago se llenó de luces. Iban y venían las barcas de los comerciantes, llenas de luces, como estrellas. Barcas de vendedores de frutas secas, de vestidos. Barcas de vendedores de esmeraldas, de perlas, de polvo de oro. Barcas de vendedores de miel, de *chile* verde y en polvo, de sal. Barcas de vendedores de hojas y raíces que curan las enfermedades. Barcas de vendedores de gallinas. Barcas de vendedores de *loros,* de *cocos* . . .

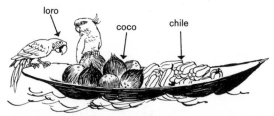

Las hijas de los señores paseaban al cuidado de los sacerdotes en piraguas alumbradas como *mazorcas* de maíz blanco y las familias ricas iban acompañadas de músicos y cantores. Las voces de los músicos y de los cantores y las voces de los vendedores llenaban el aire.

Sin embargo la noche era tranquila. Era un mercado *flotante* de gente dormida que parecía comprar y vender

---

pregonero, el que anuncia (= pregona) las cosas.
mazorca, ver ilustración pág. 7.
flotante, que no está en tierra fija, sino sobre agua.

soñando. El *cacao,* moneda vegetal, pasaba de mano en mano sin ruido entre barcas y hombres.

Con las barcas de aves llegaba el cantar de los pájaros. Los pájaros costaban el precio que daba el comprador, nunca menos de veinte granos, porque se compraban para regalos de amor.

En las orillas del lago se perdían las luces de los enamorados y de los vendedores de pájaros.

En las orillas del lago se perdían también las palabras de los enamorados y de los vendedores de pájaros.

Los sacerdotes vigilaban el Volcán desde los grandes árboles. *Oráculo* de paz y de guerra, el Volcán cubierto de nubes era anuncio de paz, de seguridad en el Lugar Florido y cuando el Volcán estaba despejado, era anuncio de guerra, de que llegaban los enemigos. De ayer a hoy el Volcán se había cubierto de nubes por entero, sin que lo supieran los *girasoles* ni los pájaros.

girasol

Era la paz. Se darían fiestas. Los *sacrificadores* iban de un lado a otro en el templo preparando los trajes y los cuchillos de obsidiana y las *aras.*

Ya sonaban los *tambores* y las *flautas.*

Había flores, frutos, pájaros, oro y piedras caras para recibir a los guerreros.

---

cacao, aquí: las semillas del fruto del árbol americano de este nombre; se usaban como moneda.

oráculo, el que adivina lo que va a suceder.

sacrificador, el que *sacrificaba* (= mataba) a los hombres para ofrecérselos a los dioses.

ara, altar.

De las orillas del lago salían barcas que llevaban y traían gentes de vestidos de muchos colores, gente con no sé qué de vegetal.

Se oía la voz de los sacerdotes que estaban a los lados de las escaleras del gran templo.

– ¡Nuestros corazones descansaron a la sombra de nuestras *lanzas*! – decían los sacerdotes . . .

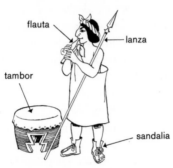

flauta
lanza
tambor
sandalia

– ¡Y se blanquearon los huecos de los árboles, nuestras casas! . . .

– ¡Aquí va el cacique! ¡Es éste! ¡Éste que va aquí! – parecían decir los sabios de barbas como dioses viejos.

– ¡Aquí va el cacique! ¡Éste es! ¡Éste que va aquí! – decían las tribus olorosas a lago. Aquí va el cacique! ¡Éste es! ¡Éste que va aquí!

– ¡Allí veo a mi hijo, allí, allí, allí, en esa fila! – gritaban las madres con los ojos de tanto llorar, suaves como el agua.

– ¡Aquél – decían las *doncellas* – es el dueño de nuestro olor! ¡Su máscara de *puma*! y las plumas rojas de su corazón!

---

doncella, mujer joven, virgen, no casada.
puma, animal de América, parecido al tigre.

Y otro grupo decía al pasar:

– ¡Aquél es el dueño de nuestros días! ¡Su máscara de oro y sus plumas de sol!

Las madres veían a sus hijos entre los guerreros, porque conocían sus máscaras y las doncellas veían a sus señores porque conocían también sus máscaras.

Y señalando al cacique:

– ¡Es él! ¿No veis su pecho rojo como la sangre y sus brazos verdes como la sangre vegetal? ¡Es sangre de árbol y sangre de animal! ¡Es ave y es árbol! ¿No veis la luz sobre su cuerpo de paloma? ¿No veis sus largas plumas en la cola? ¡Ave de sangre verde! ¡Árbol de sangre roja! ¡Kukul! ¡Es él!

Los guerreros pasaban, según el color de sus plumas, iban de veinte en veinte, de cincuenta en cincuenta, de cien en cien, según el color de sus plumas. A un grupo de veinte en veinte con plumas rojas, le seguía uno de cuarenta con plumas verdes y vestidos verdes y luego un grupo de cien guerreros con plumas amarillas . . .

– ¡Cuatro mujeres se vistieron para combatir y llevaban sus flechas! ¡Ellas combatieron parecidas en todo a cuatro *adolescentes*! – se oía la voz de los sacerdotes a pesar de la gente, que, sin estar loca, como loca gritaba frente al templo lleno de flores, de frutas, de mujeres que daban a sus senos color y punta de lanzas.

El cacique recibió a los *mensajeros* que enviaba *Pedro de Alvarado,* con muy buenas palabras, y los hizo matar

---

adolescente, aquí: hombre joven

mensajero, el que lleva una noticia (= mensaje) de una persona a otra.

P. de Alvarado, capitán español (1468-1541) fue a la conquista de México y fue capitán en Guatemala, donde fundó en 1524 la ciudad de Santiago de los Caballeros.

en el acto. Después vestido el pecho de plumas rojas y los brazos de plumas verdes, llevando manto finísimo, la cabeza descubierta, los pies desnudos en *sandalias* de oro, salió a la fiesta entre los sabios y los sacerdotes. En sus dedos llevaba tantas sortijas que sus manos parecían un girasol.

Los guerreros bailaban en la plaza *asaeteando* a los *prisioneros* de guerra atados a los árboles.

Al paso del cacique un sacrificador, vestido de negro, puso en sus manos una flecha azul.

El sol asaeteaba a la ciudad, disparando sus flechas desde el *arco* del bosque . . .

saeta

arco

Los pájaros asaeteaban el lago, disparando sus flechas desde el arco del bosque . . .

Los guerreros asaeteaban a los prisioneros de guerra, teniendo cuidado de no herirles de muerte para que la fiesta durara más . . .

El cacique tendió el arco y la flecha azul contra el

---

sandalia, ver ilustración pág. 59.
asaetear, matar con *saeta* (= flecha).
prisionero, el que no está libre.
arco, aquí: en sentido figurado.

más joven de los prisioneros. Los guerreros enseguida lo atravesaron con sus flechas, desde lejos, desde cerca, bailando al son de sus tambores . . .

De repente un vigilante interrumpió la fiesta . . . El Volcán rompía con fuerza las nubes, y la fuerza era tal y tan grande que anunciaba que un gran ejército marchaba hacia la ciudad. El cráter aparecía cada vez más limpio. El atardecer dejaba sobre las montañas algo que moría sin ruido como las nubes blancas hace un instante inmóviles y ahora rotas . . . ¡El Volcán despejado era la guerra! . . .

– ¡Te alimenté pobremente de mi casa y de la miel que he recogido; yo habría querido conquistar la ciudad que nos hubiera hecho ricos! – decían los sacerdotes que vigilaban, con las manos extendidas hacia el Volcán. Mientras los sacerdotes decían esto los guerreros se vestían y decían:

– ¡Que los hombres blancos tengan miedo viendo nuestras armas! ¡Que no falte en nuestras manos la pluma que es flecha, flor y tormenta primaveral! ¡Que nuestras lanzas hieran sin herir!

Los hombres blancos avanzaban; pero apenas se veían en la oscuridad ¿Eran fantasmas o seres vivos? No se oían sus tambores, no se oían sus pasos que se llevaba el silencio de la tierra. Avanzaban sin pasos, avanzaban sin tambores.

En los *maizales* empezó la lucha. Los del Lugar Florido lucharon un buen rato, pero fueron vencidos y se acogieron en la ciudad. La ciudad estaba defendida por una *muralla* de nubes que se movía.

---

maizal, campo de maíz.
muralla, pared muy fuerte que rodea una ciudad.

Los hombres blancos avanzaban sin pasos, sin tambores. Casi no se veían en la oscuridad sus espadas, sus lanzas, sus caballos. Avanzaban sobre la ciudad como la tormenta, seguros, sin mirar peligros; mientras, parte de las tribus se preparaba para la defensa y parte de las tribus huía con el tesoro del Lugar Florido a la *falda* del Volcán, despejado en la lejana orilla, llevándolo en barcas que los invasores veían a lo lejos.

No hubo tiempo de quemar los caminos. ¡Sonaban los tambores! ¡Ardía el sol! La muralla de la ciudad se rompió en las lanzas de los hombres blancos, que, haciendo barcas de los troncos de árboles dejaron la ciudad y se fueron a donde las tribus enterraban el tesoro. ¡Sonaban los tambores! ¡Ardía el sol!

¡Sonaban los tambores!

Los hombres blancos dispararon, las tribus huyeron abandonando las perlas, los diamantes, las esmeraldas, el oro en polvo, el oro trabajado, las joyas . . . las copas de oro, los trajes y las telas bordadas con rica labor de pluma; montaña de tesoros que los hombres blancos miraban desde sus barcas, queriendo cada uno de ellos coger la mejor parte.

Y ya iban a saltar a tierra -¡sonaban los tambores!- . . . de repente oyeron un ruido . . . era el Volcán. Aquel respirar lento del Abuelo del Agua les detuvo; pero querían las riquezas y decidieron ir a buscarlas, decidieron tomar el tesoro. Pero un río de fuego les cerró el camino. ¡Callaron los tambores! Sobre las aguas se veían los *tizones* como *rubíes* y los rayos de sol como diamantes.

---

falda, ver ilustración pág. 18/19.

tizón, brasa.

rubí, piedra preciosa de color rojo.

Sobre las aguas se veía quemados dentro de sus *corazas* a los hombres de Pedro de Alvarado.

coraza

Se veían los hombres de Pedro de Alvarado que miraban, *petrificados* caer montañas sobre montañas, selvas sobre selvas, ríos sobre ríos, llamas, ceniza, lava, arena, todo lo que arrojaba el Volcán para formar otro sobre el tesoro del Lugar Florido abandonado por las tribus a sus pies, como un atardecer.

Preguntas

1. ¿Qué importancia tiene el volcán en esta leyenda?
2. ¿De quién es amigo el volcán?

---

petrificado, hecho piedra; aquí: fig. inmóvil, por el miedo.

3. ¿De qué manera salva el volcán el tesoro?

4. ¿Por qué empezó la fiesta? ¿Cuál fue la noticia que dio el sacerdote?

5. ¿Por qué sabe el sacerdote que ha terminado la guerra?

6. Describa el mercado.

7. Describa las cosas que se venden y se compran en este mercado.

8. Describa el paso de los guerreros.

9. ¿Por qué conocen las madres a sus hijos entre los guerreros?

10. ¿Cómo conocen las doncellas a sus señores?

11. Describa a los guerreros.

12. ¿Quién era Pedro de Alvarado?

13. ¿Qué hizo el cacique con los mensajeros?

14. ¿Qué hacían los guerreros con los prisioneros?

15. ¿Por qué rompió el volcán las nubes y qué quería indicar con esto?

16. Describa la batalla que tiene lugar entre los españoles y los indios.

17. ¿Dónde quedó el tesoro?

18. ¿Cuál fue la impresión de los hombres de Pedro de Alvarado?

19. ¿Puede describir la escena?

Los brujos de la tormenta primaveral

1

Más allá de los peces el mar se quedó solo. Las raíces estaban fatigadas y no tenían sueño. Las hojas caían y los peces saltaban. Imposible evitar el *asalto*. Las hojas caían, los peces saltaban.

Un río de pájaros llegaba a cada fruta. Los peces amanecieron en la mirada de las ramas.

Las raíces seguían despiertas bajo la tierra. Las raíces. Las más viejas. Las más pequeñas. A veces encontraban bajo la tierra alguna estrella.

Juan Poyé buscó bajo las hojas el brazo que le faltaba, se lo acababan de quitar y qué raro pasarse los movimientos al *cristalino* brazo de la *cerbatana*. El temblor

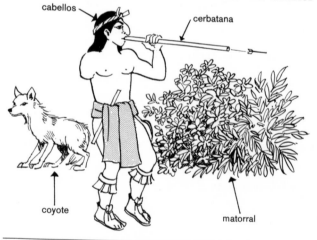

cabellos

cerbatana

coyote

matorral

---

asalto, ataque.

cristalino, de cristal (Poyé es la personificación del río (ver pág. 69 y 70).

que sintió al pasarse los movimientos al cristalino brazo de la cerbatana le despertó. Pensó *restregarse* las narices con el brazo-mano que le faltaba. ¡Hum! ,dijo y se pasó el movimiento al otro brazo, al cristalino brazo de la cerbatana. Olía a agua que hervía, olía a palo quemado, a carne quemada, a árbol quemado. Se oyeron los *coyotes*. Pensó agarrar el *machete* con el brazo – mano que

machete

le faltaba. ¡Hum!, dijo, y se pasó el movimiento al otro brazo. Tras los coyotes salía algo que no se veía bien. Su mujer dormía. Juan Poyé la despertó. La Poyé despertó a los golpes de su marido, abrió los ojos de agua nacida en el fondo de un *matorral* y dijo cuando pudo hablar: ¡*Masca copal*, tiembla copal!

Iba llegando la luz. Poyé al ver la luz dio un paso atrás, seguido de su mujer.

Algo pasó. Por poco se les caen los árboles de las manos. Las raíces no saben lo que pasó por sus dedos. Si sería parte de su sueño. Se sintieron fuertes ruidos subterráneos. Si sería parte de su sueño. Y todo hueco alrededor del mar. Si sería parte de su sueño. Y todo profundo alrededor del mar.

¡Hum!, dijo Juan Poyé. No pudo mover el brazo que le faltaba y se pasó el movimiento al cristalino brazo de la cerbatana. Se pasó el movimiento al brazo por

---

restregar, pasar con fuerza una cosa sobre otra.
coyote, lobo americano.
masca copal, mascar, comer algo teniéndolo en la boca, sin tragarlo; *copal,* sustancia sin color y sin olor que sale de un árbol.

donde el agua de su cuerpo iba a todo correr al cristalino brazo de la cerbatana. Se oían sus dientes, piedras de río, que daban unos contra otros de miedo. Y con él iba su mujer, la Juana Poyé que no se diferenciaba en nada de él, era de tan buena agua nacida.

Algo pasó. Por poco se les caen los árboles de las manos. Las raíces no supieron lo que pasó por sus dedos. Si sería parte de su sueño. El mar estaba muy contento de sentirse sin peces. Los árboles se hicieron humo. Si sería parte de su sueño. El temblor de la primavera, el temblor primaveral enseñaba a las raíces a *tejer* para bordar los oscuros *güipiles* de la tierra.

Juan Poyé sacó sus ramas. ¡Hum!, le dijo su mujer, volvamos atrás. Juan Poyé hubiera querido volver atrás. ¡Volvamos atrás! le gritó su mujer. Y Juan Poyé hubiera querido volver atrás.

Una gran *mancha* verde comenzó a rodearlo. Más lejos se formó otra mancha. Poyé no esperó. El agua pintó más lejos otra mancha de agua. Juan Poyé no esperó más. Se echó atrás. Pero no pudo *remontar* sus

güipil

---

tejer, hacer una tela.
mancha, efecto de manchar.
remontar, aquí: subir sobre el agua.

propias aguas y se ahogó, después de flotar helado en la superficie mucho tiempo.

Ni Juan Poyé ni la Juana Poyé. Pero si mañana llueve en la montaña, si el humo se queda quieto, el amor propio de las piedras juntará gotitas de dulzura y aparecerá nuevo el cristalino brazo de la cerbatana. Sólo las raíces. Las raíces profundas. El aire lo quemaba todo. Fuego del cielo al sur. Ni una mosca verde. Ni un sonido. Sólo las raíces profundas seguían tejiendo. Las raíces tejedoras salvaban la vida en los terrenos vegetales. Sólo en los terrenos vegetales se salvaba la vida, por obra de las raíces tejedoras, regadas por el critalino brazo de la cerbatana. Pero ahora ni en invierno venía Juan Poyé-Juana Poyé. Siglos. Y el silencio crecía. Y la vida de dos reinos acabando en los terrenos vegetales secos.

Pero su presencia volvió a *turbar* el sueño de la tierra. Había humedad de habitación oscura. Los minerales comprendieron que aunque todo había sido destruido por el fuego, que sin embargo las raíces habían seguido trabajando para la vida, tejiendo en sus *telares,* alimentadas en secreto por un río *manco.*

¡Hum!, dijo Juan Poyé. Una montaña se le vino encima. Y por defenderse con el brazo que le faltaba, perdió tiempo y pudo mover el otro brazo para escapar herido. Olor a lluvia en el mar. De no ser el instinto se queda allí tendido, entre las montañas que lo atacaban con piedras hablantes. Sólo su cabeza, ya sólo cabeza rodaba entre sus *cabellos* largos y *fluviales.* Sólo su cabeza.

---

turbar, molestar.
telar, máquina para tejer (= hacer tela).
manco, que le falta un brazo o una mano.
cabellos, ver ilustración pág. 66.
fluvial, propio de un río.

Las raíces llenaban de *savia* los troncos, las hojas, las flores, los frutos. Por todas partes se respiraba un aire vivo, fácil, vegetal.

Juan Poyé reapareció en sus nietos. Una gota de su inmenso, de su gran *caudal* en el vientre de Juana Poyé hizo nacer las lluvias, de las que nacieron los ríos *navegables*. Sus nietos.

La noticia de Juan Poyé-Juana Poyé termina aquí.

Preguntas

1. ¿Quién es Juan Poyé?

2. ¿Qué le pasa a Juan Poyé en un brazo?

3. ¿Qué le dijo la mujer de Juan Poyé a su marido?

4. ¿Por qué pensaron que era bueno volver atrás?

5. ¿Cuál fue el final de Juan Poyé?

6. ¿Qué pasa cuando no llega Juan Poyé? ¿Cuándo llega?

7. ¿Cuándo reaparece Juan Poyé y de qué manera?

8. ¿Quienes son los ríos navegables?

---

savia, líquido que alimenta las plantas.
caudal, aquí: agua del río.
navegable, que pueden ir los barcos por él.

2

Los ríos navegables, los hijos de las lluvias, andaban en la superficie de la tierra y dentro de la tierra. Andaban en lucha con las montañas, con los volcanes y con los llanos que se paseaban por el suelo.

Otro temblor de tierra y el agua se asustó al ser echada de su sitio por el golpe. Polvo. Nuevas *sacudidas*. La vida vegetal aparecía. La bajaban del cielo los hijos, ríos navegables, de las lluvias y allí donde se rompía la tierra, los vientos de sudor vegetal corrían a poner la capa de *humus* necesaria para la *semilla*.

Pero a cada planta, a cada intento vegetal seguía una desgracia grande. Eran malos tiempos.

Se acercaba el tiempo de la lucha del Cactus con el Oro. El Oro atacó una noche a la planta de grandes *espinas*. El Cactus se enroscó en forma de *serpiente* de muchas cabezas, sin poder escapar a la lluvia rubia que lo bañaba en finísimos hilos.

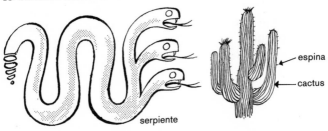

serpiente

espina

cactus

El ruido de alegría de los minerales apagó el llanto de la planta que quedó en forma de ceniza verde encima de una roca. Quedó en una roca como recuerdo.

---

sacudida, movimiento fuerte.
humus, capa superior del suelo.
semilla, lo que se siembra y de lo que nace una planta.

Los ríos se acostumbraron, poco a poco, a la lucha en que morían en aquel vivir queriendo salvarse, en aquel huir tierra adentro por todo el reino de las raíces tejedoras.

Y, poco a poco, en lo más hondo de la lluvia, empezó a escucharse el silencio de los minerales, como todavía se escucha, callados dentro de ellos mismos, con los dientes desnudos y siempre dispuestos a romper la capa de tierra vegetal, sombra de nube de agua alimentada por los ríos navegables, sueño que hizo posible la segunda llegada del Cristalino Brazo de la Cerbatana.

Cristalino Brazo de la Cerbatana con sus cabellos de raíces en el agua. Sus *ooojooos*.

Cristalino Brazo de la Cerbatana puso fin a la lucha de los minerales y de los ríos navegables; pero con él empezó una nueva lucha, la nueva lucha, el nuevo *incendio*, la quemadura en verde, en rojo, en negro, en azul y en amarillo de la savia con sueño de reptil.

Ciego, casi de piedra, lleno de humedad el primer animal *tramaba* y *destramaba* quién sabe qué angustia.

El *musgo* en que ardía Cristalino Brazo de la Cerbatana iba haciendo unos hombres y mujeres con el corazón y las corazonadas regidos por la luna.

---

ooojooos, ojos.
incendio, fuego.
tramar, aquí: tejer; *destramar,* destejer, lo contrario de tejer.
musgo, planta que crece en la sombra sobre las piedras o en el suelo.

Preguntas

1. ¿Por dónde andaban los nietos de Juan Poyé?

2. ¿Qué le hizo el Oro al Cactus?

3. ¿Por qué luchaban los minerales y los ríos? ¿Quién puso fin a la lucha?

4. ¿Qué sucede con los temblores de tierra?

5. ¿Quién hacía los nuevos hombres y las nuevas mujeres? ¿Cómo eran éstos?

3

En cada *poro* de su piel había un horizonte y se le llamó Chorro de Horizontes desde que lo trajo Cristalino Brazo de la Cerbatana, hasta ahora que ya no se llama así. Las *algas* marcan sus pies de maíz y hacen sus pasos inconfundibles. Donde pisa parece que acaba de salir el mar.

Chorro de Horizontes estuvo largo tiempo de pie, aunque no muy derecho. Al final de sus *afluentes* de carne le colgaban las manos. Se le abrió la boca para decir algo que no dijo. Un pequeño grito.

La primera ciudad se llamó Serpiente con Chorros de Horizontes, a la orilla de un río, de *garzas* rosadas bajo un cielo de colinas verdes, donde se dieron las leyes de amor que aún conservan el *encanto* de las leyes que rigen a las flores.

Chorro de Horizontes se desnudó de su traje de guerra para vestir el de su sexo y por nueve días tomó *caldo* de nueve gallinas blancas, día tras día, hasta sentirse perfecto. Luego, en la luna creciente, tuvo respiración de mujer bajo su pecho y después se quedó un día sin hablar, con la cabeza cubierta de hojas verdes, y la espalda cubierta de flores de girasol. Y sólo podía ver el suelo, como un mendigo, hasta que la mujer a la que había *preñado* vino a ponerle una flor de maíz sobre los pies.

---

poro, agujero de la piel, casi invisible.
alga, planta que crece en el agua.
afluente, río que va a morir a otro más grande.
garza, ver ilustración pág. 77.
encanto, aquí: belleza ingenua, pura.
caldo, líquido que resulta de cocer en agua carne o verduras.
preñar, poner en condiciones de tener un hijo.

Esto pasaba en la Ciudad de Serpiente con Chorros de Horizontes, de donde se fueron los hombres y quedó solo el río con los templos de piedra sin peso, con las casas de piedra sin peso. Y así fue reflejo de ciudad la Ciudad de Serpiente con Chorros de Horizontes.

Los hombres empezaron a olvidar las leyes del amor en las montañas, a tener respiración de mujer bajo su pecho cuando la luna *menguaba,* sin los nueve días de

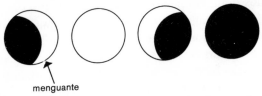

menguante

caldo de nueve gallinas blancas cada día, y sin estar después con la cabeza envuelta en hojas y la espalda cubierta con flores de girasol. Y sin estar sin hablar un día mirando para el suelo. Por eso nacieron hijos que no traían en cada poro un horizonte, y estaban enfermos y se asustaban y tenían las piernas tan delgadas que se podía hacer con ellas una trenza.

Estos hombres de la luna menguante construyeron su ciudad de madera. La construyeron en la montaña. El invierno pudría la madera.

Eran seres flojos que para que los otros les tuvieran miedo aprendieron a pintarse la piel de amarillo, los párpados de verde con hierbas, los labios con rojo y las uñas de negro y los dientes de azul. Un pueblo cruel, con *crueldad* de niño, de espina y de máscara.

Se acercaban malos tiempos. Se acercaban los tiempos

---

menguar, hacerse más pequeño; se refiere a los cuatro momentos por los que pasa la luna.
crueldad, maldad.

de la llegada de las *arañas* guerreras, que tenían los ojos hacia afuera. Tenían todo el cuerpo lleno de pelos y en las patas y en todo el cuerpo un temblor de *cólera*. Los hombres pintados salieron a su encuentro. Pero fueron vanos el rojo, el amarillo, el verde, el negro, el blanco y el azul de sus máscaras y de sus vestidos ante el avance de las arañas que llenaban los montes, los bosques y los valles.

Y los hombres pintados murieron allí y no dejaron hijos, mas que algunos débiles por culpa de su crueldad *simbolizada* en los colores.

Sólo el Río de las Garzas Rosadas quedó de la Ciudad de Serpiente con Chorros de Horizontes, la ciudad donde el Cactus fue vencido por el Oro.

Sólo el río, y se le veía andar, sin llevarse la ciudad reflejada. Pero el río quiso un día saber de los hombres perdidos en la montaña y salió de su *cauce* y los fue buscando con sus *inundaciones*. Pero no los encontró. Poco se sabe de su encuentro con las arañas guerreras. Las arañas atacaron al río desde los árboles, desde las piedras. Las arañas habían *chupado* la sangre de los hombres derrotados en las montañas.

araña

---

cólera, rabia.

simbolizada, representada.

cauce, por donde va el río, el lecho del río.

inundación, acción por la que el agua de un río cubre un lugar que no debería estar cubierto por ella.

chupar, sacar con la boca la sustancia de alguna cosa.

76

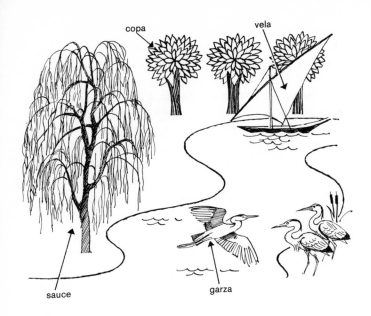

copa · vela · sauce · garza

Preguntas

1. ¿Quién trajo a Chorro de Horizontes? ¿Por qué le llamaron así?

2. ¿Cómo se llamó la primera ciudad?

3. ¿Qué hizo Chorro de Horizontes durante nueve días?

4. ¿Por qué se queda sola la ciudad?

5. ¿Por qué los hijos de los hombres no nacían teniendo en cada poro un horizonte?

6. ¿Por qué se pintaban estos hombres? ¿De qué colores se pintaban?

7. ¿Cómo murieron los hombres que se pintaban?

8. ¿Por qué salió el río de su cauce?

4

La Diosa Invisible de las Palomas de la *Ausencia,* fundó otra ciudad cerca del mar, donde se tenía noticia de la Ciudad que se llamó Serpiente con Chorros de Horizontes. La Diosa Invisible de las Palomas de la Ausencia supo que llegaba a la costa un río mensajero de las más altas montañas y mandó que los campos florecieran a su paso doce lugares antes, para que entrara en la ciudad vestido de hojas de flores y quisiera contar lo que olvidaron los hombres del reino del amor.

Y en las puertas de la ciudad que era también una ciudad de templos sin peso, ciudad dulce de estar en el agua, lo saludaron palabras que cantaban en pedacitos de viento envueltos en plumas de colores.

¡Tú, Esposo de las Garzas Rosadas, el de la carne de sombra azul, nieto de Juan Poyé-Juana Poyé, hijo navegable de las lluvias, bienvenido seas a la Ciudad de la Diosa Invisible de las Palomas de la Ausencia!

El río entró jugando con las arenas blancas de una playa que habían extendido para él aquella mañana como una alfombra los pájaros marinos.

¡Que duerma!, dijeron las columnas de un templo sin techo.

¡Que duerma! ¡Que no lo despierten los pájaros mañana!

Se acercaron de dos en dos *velas* de barcos de cristal y sueño; pero una de las velas llegó dormida y su reflejo de carne femenina tomó la forma de mujer al entrar en

---

ausencia, lo contrario de presencia.
vela, ver ilustración pág. 77.

las aguas del río mezcladas con la sangre de los hombres de la luna menguante.

Y así fue como hombres y mujeres nacidos del menguante poblaron la Ciudad de la Diosa Invisible de las Palomas de la Ausencia. Del río oscuro salían las arañas.

Preguntas

1. ¿Qué hizo la Diosa Invisible cuando supo que llegaba el río?

2. ¿Por qué lo recibe de esa forma? ¿Puede describir este recibimiento?

3. ¿De quién eran hijos los hombres nacidos del menguante?

5

Apareció Saliva de Espejo, el Guacamayo. Entonces empezó la vida de los hombres contra la corriente. Pueblos que iban a la montaña. *Atraídos* por el azul del cielo, *emigraban* desde el azul del mar. Contra las puntas negras de los senos de las mujeres sacaban *chispas* al *pedernal*.

Pueblos de hombres contra la corriente. Pueblos que iban de un lugar a otro. Pueblos que subieron el clima de la costa a la montaña. Pueblos que *entibiaron* la atmósfera con su presencia, para dar nacimiento al trópico, de menguante, donde el sol, lejos de herir, se estira como una gallina ante un espejo.

Las raíces no dejaban de trabajar. Las raíces no paraban. Vivir para tejer. Los minerales habían sido vencidos. Y por chorros salía el verde en el horizonte redondo de los pájaros.

Se pusieron de nuevo las Leyes del Amor, las que se seguían en la ciudad que se llamó Serpiente con Chorros de Horizontes, las leyes que habían sido olvidadas en la montaña, por los hombres que fueron destruidos a pesar de sus pinturas y de su crueldad de niños y de sus máscaras con espinas de cactus.

Las Leyes del Amor fueron guardadas nuevamente

atraído, llamado.
emigrar, irse de un lugar a otro.
entibiar, poner tibio.

por los hombres que volvían limpios de pecados de la Ciudad de la Diosa Invisible de las Palomas de Ausencia: *astrónomos* que se hacían viejos mirando al cielo con los huesos de plata de tanto ver la luna, artistas que se volvían locos de inspiración al ver el horizonte en cada poro, al sentir el horizonte en cada poro, como los primeros Chorros de Horizontes; hombres que hacían negocios y hablaban blanda lengua de pájaros.

Las serpientes echaban *veneno* por la bocas, eran interminables *intestinos* subterráneos que salían a la superficie de la tierra como bocas abiertas. Los hombres que se quedaron guardando estas grandes bocas o cavernas, las cavernas-serpientes, recibieron el nombre de sacerdotes. El fuego les había quemado el cabello, las barbas, las pestañas, el *vello* del sexo. Parecían *astros* rojizos que estuvieran entre las hojas verdes, encendidas y que se vistieron con esas hojas para comunicarse con los hombres. El sabor de ceniza que les dejó el pelo quemado les hizo que pensaran en los dioses con un raro sabor oscuro. Por eso la primitiva religión fue hecha con saliva de sacerdote y con ceniza de pelo.

No se supo a qué venía todo aquel *milagro* de vida que iba de un lado a otro y que fue fijada por los sacerdotes, allí donde se dice que el cactus vencido por el oro se enroscó y donde hubo una ciudad que se llamó Serpiente con Chorros de Horizontes.

---

astrónomo, el que estudia las estrellas y las cosas del cielo.

veneno, sustancia que produce la muerte.

intestino, parte del cuerpo humano interior en forma de tubo con muchas vueltas y sirve para hacer la digestión de lo que se come.

vello, pelo corto y suave que cubre ciertas partes del cuerpo humano.

astro, estrella.

milagro, suceso extraordinario.

Las *hormigas* sacaron del agua una nueva ciudad, arena por arena – la primitiva ciudad de reflejos – y con

hormiga

sangre de millones de hormigas que una vez hecho el trabajo morían cansadas, se fueron haciendo verdaderas murallas, que llegaban hasta las *copas* de los árboles más altos, y también se fueron haciendo los templos. Verdaderas murallas, verdaderos templos para la vida y para la muerte verdadera.

Esto dijeron los hombres en la *danza* de la seguridad: la vida diaria. Pero en las patas de las fieras crecían las uñas y la guerra empezó de nuevo. Una vez más iba a se destruída la ciudad levantada donde el cactus fue vencido y existió para vivir sin hombres la ciudad de Serpiente con Chorros de Horizontes.

Las mujeres salieron también a luchar. Los hombres lucharon contra las uñas y los dientes de las fieras. Los hombres y las fieras lucharon frente a frente y muchos hombres murieron. Al combate de los hombres siguió el combate de las mujeres contra las fieras. Por donde todo era oscuro volvieron las mujeres vencedoras de las fieras luciendo las cabezas de los tigres a la luz de los fuegos que la ciudad encendió para recibirlas y llevando las pieles de los otros animales vencidos.

Las mujeres reinaron entonces sobre los hombres, que se dedicaban a trabajar en el interior de las casas, en hacer la comida, en lavar la ropa.

Ya había verdaderas murallas, verdaderos templos

---

copa, ver ilustración pág. 77.
danza, baile.

y verdaderas casas, todo hecho de tierra y de sueño de hormiga, murallas, templos y casas que el río empezó a lamer hasta llevárselos sin dejar nada de sus calles ni de sus plazas.

¿Cuántas lenguas de río lamieron la ciudad hasta llevársela? Poco a poco se ablandó como un sueño y se deshizo en el agua, igual que las primitivas ciudades de reflejos. Esta fue la ciudad de Gran Saliva de Espejo, el Guacamayo.

Preguntas

1. ¿Por qué emigraron los hombres hacia la montaña?

2. ¿Cómo hicieron el fuego estos hombres?

3. ¿Qué hacían mientras tanto las raíces?

4. ¿Cuándo y por qué se pusieron de nuevo las Leyes de Amor? ¿Se guardaban en esta nueva ciudad?

5. Describa la nueva ciudad sacada del agua por las hormigas.

6. Describa la lucha de los hombres y de las mujeres contra las fieras.

6

Las plantas avanzaban. No se sentía su movimiento. No se sentía su andar caliente. Las plantas avanzaban.

Los animales ahogados por las plantas saltaban de árbol en árbol, sin poder ver en el horizonte un sitio que se separase de aquella oscuridad verde. Llovía. Todo lo que quedaba vivo sentía miedo de muerte.

Los peces llenaban el mar. La luz de la lluvia les salía a los ojos. Las plantas seguían avanzando.

Casi no hay noticias de las primitivas ciudades. Las plantas habían cubierto lo que quedaba de ellas, las plantas habían envuelto la tierra, como la ropa había envuelto a la mujer.

Y así fue como perdieron los pueblos el contacto con los dioses, la tierra y la mujer.

Preguntas

1. ¿Puede indicar un rasgo especial de cada una de estas ciudades?

2. ¿Qué le parecen los nombres de estas ciudades?

3. ¿Puede hablar del carácter de los personajes de esta leyenda?

4. ¿Cómo desaparecieron cada una de estas ciudades?

5. ¿Qué es lo que le ha parecido más interesante de esta leyenda?

Guatemala

La *carreta* llega al pueblo rodando un paso hoy y otro mañana. En el lugar donde se cruzan la calle y el camino, está la primera tienda. Sus dueños son viejos, cuentan milagros y cierran la puerta cuando pasan los *húngaros*: esos que roban niños, comen caballo, hablan con el diablo y huyen de Dios.

carreta

La calle llega a la plaza y se hunde en ella. La plaza no es grande. Está rodeada de casas muy nobles y muy viejas. Las familias principales viven en estas casas y son amigas del *alcalde* y del *obispo* y no hablan con los *artesanos,* salvo el día de Santiago, cuando, por sabido se calla, las señoritas sirven chocolate a los pobres en el Palacio del Obispo.

Como se cuenta en las historias que ahora nadie cree – ni las abuelas, ni los niños-, esta ciudad fue hecha sobre otras ciudades que estaban debajo de la tierra, enterradas, en el centro de América. Para unir las piedras la mezcla se hizo con leche.

Se cree que los árboles respiran el aliento de las

---

húngaro, natural de Hungría; aquí: gentes que van de pueblo en pueblo.
alcalde, autoridad principal en un pueblo o ciudad.
obispo, autoridad principal en la Iglesia.
artesano, el que realiza un trabajo mecánico.

personas que habitan en las ciudades enterradas y por eso a la sombra de los árboles se sientan los que tienen que resolver casos de conciencia, y a la sombra de los árboles los enamorados *alivian* su pena y a la sombra de los árboles escriben los poetas.

Los árboles llenan la ciudad entera. El Sombrerón corre por las calles, por las calles anda la Tatuana. El Sombrerón salta y rueda de un lado a otro. Es Satanás. Y por la ciudad anda el Cadejo, que roba mozas de trenzas largas. Pero a pesar de esto nada se mueve en la ciudad dormida, ni una pestaña, ni nada pasa realmente en la carne de las cosas.

El aliento de los árboles aleja las montañas, allí donde el camino parece un hilo de humo. Oscurece y se oye el menor ruido en el paisaje dormido. Una hoja que cae o un pájaro que canta y despierta en el alma el Cuco de los Sueños.

El Cuco de los Sueños hace ver una ciudad muy grande –pensamiento claro que todos llevamos dentro-, cien veces más grande que esta ciudad de casas pintaditas.

Es una ciudad formada por ciudades enterradas, puestas unas encima de las otras como los pisos de una casa. Piso sobre piso. Ciudad sobre ciudad. Dentro de esta ciudad están, *intactas*, las ciudades antiguas. Por las escaleras suben sombras de sueño sin hacer ruido. De puerta en puerta van cambiando los siglos. En la luz de las ventanas *parpadean* las sombras. El Cuco de los Sueños va haciendo los cuentos.

---

aliviar, hacer que algo sea menor; aquí: la pena.
intacto, aquí: como si nadie las hubiera tocado.
parpadear, mover los párpados.

En la ciudad de *Palenque*, sobre el cielo joven *se recortan* las *terrazas* bañadas por el sol. Dos princesas juegan alrededor de una *jaula* de pájaros y un viejo de barba blanca sigue la estrella. Las princesas juegan, los pájaros vuelan, el viejo mira la estrella. Y como en los cuentos, tres días duran los pájaros, tres días duran las princesas.

En la ciudad de *Copán*, el rey pasea sus venados de piel de plata por los jardines del palacio. Lleva en su

---

Palenque, antigua ciudad maya; hoy pertenece a México (Chiapas).
recortarse, aquí: señalarse, marcarse.
terraza, la parte alta de una casa, por lo general no cubierta.
jaula, ver ilustración pág. 88.

jaula   princesas

pecho *conchas* de *embrujar* tejidas sobre hilos de oro.
Lleva en sus brazos *brazaletes* y en la frente lleva la
pluma de garza. En el atardecer el rey fuma tabaco en
una caña de bambú. Los árboles dejan caer las hojas.
El rey está enamorado y enfermo.

Es el tiempo viejo de las horas viejas. El Cuco de los
Sueños va tejiendo los cuentos.

En la ciudad de *Quiriguá,* a la puerta del templo,
esperan mujeres que llevan en las orejas perlas. El
tatuaje dejó libres sus pechos. Hay hombres pintados
de rojo que llevan en la nariz un raro *arete* de obsidiana.
Hay también doncellas.

El sacerdote llega. Los hombres y las mujeres se
apartan.

El sacerdote llama a las puertas del templo con su

---

concha, brazalete, ver ilustración pág. 89.
embrujar, lo que hacen los brujos sobre las personas o las cosas.
Quiriguá, ver mapa pág. 87.

arete

concha

brazalete

dedo de oro. La gente *se inclina*. El sacerdote sacrifica siete palomas blancas. Por las pestañas de las doncellas pasan vuelos de agonía, y la sangre del cuchillo del sacrificio, que tiene forma de Árbol de la Vida, rodea la cabeza de los dioses.

En la ciudad de *Tikal*, no hay nadie en los palacios, ni en los templos, ni en las casas. Trescientos guerreros, seguidos de sus familias la abandonaron. La ciudad se fue por las calles cantando. Mujeres que llevaban el cántaro a la cadera, mercaderes que contaban los granos de cacao. Se cerraron para siempre las puertas. Se apagó para siempre la llama de los templos. Todo está como estaba. Por las calles solas, caminan las sombras perdidas con los ojos vacíos.

---

inclinarse, bajar la cabeza y doblar el cuerpo.
Tikal, ver mapa pág. 87.

¡Ciudades *sonoras* como mares abiertos!

A sus pies de piedra, juega un pueblo niño a la política, al comercio, a la guerra.

La memoria gana la escalera que lleva a las ciudades españolas. Escalera arriba se abren a cada cierto espacio, ventanas. Las ventanas dejan ver otras ciudades. Vamos subiendo la escalera de una ciudad: Xibalbá, Tulán, ciudades lejanas, envueltas en la niebla. Atlitán sobre un lago azul. ¡La flor del maíz no fue más bella que la última mañana de estos reinos! El Cuco de los Sueños va tejiendo los cuentos.

En la primera ciudad de los Conquistadores una esposa se inclina junto al esposo más temido que amado. Su sonrisa entristece al Gran Capitán, quien le da un beso en los labios y parte para las *Islas de la Especiería*. Trece navíos en el mar azul bajo la luna de plata. Siete ciudades de *Cíbola* construídas en las nubes de un país de oro. Dos caciques indios dormidos en el viaje. Todavía no se habían alejado los caballos del palacio cuando la dama ve o sueña que un *dragón* hace rodar a su esposo hasta la muerte, y a ella la ahoga en las aguas oscuras de un río sin fondo.

dragón

---

sonoras, aquí: que sus nombres suenan bien y de hermosa forma.
Islas de la Especiería, las islas Molucas también llamadas de las Especias.
Cíbola, región fabulosa, no real, en la cual se suponía la existencia de 7 ciudades maravillosas, las ciudades de El Dorado buscadas por los españoles.

Pasos en la ciudad *colonial.* Por las calles llenas de arena los curas *mascullan Ave-Marías* y se oyen voces de caballeros que discuten poniendo a Dios por testigo. Se oye algún reloj despierto.

En *Antigua,* la segunda ciudad de los Conquistadores, de horizonte limpio y viejo vestido colonial, el espíritu religioso pone triste al paisaje. En esta ciudad de iglesias se siente una gran necesidad de pecar. Se abre alguna puerta dando paso al señor obispo, que viene seguido del señor alcalde. Se habla a media voz. Se ve con los párpados bajos, caídos. La visión de la vida se hace con los ojos entreabiertos y es clásica en las ciudades *conventuales.* Calles de huertos. ¡Ójala se conserve esta ciudad antigua bajo la cruz católica y la guarda de los volcanes! Luego fiestas reales celebradas en días importantes. Las señoras sentadas en sillas se dejan saludar por caballeros vestidos de negro y plata. La noche *penetra* . . . penetra . . . El obispo se marcha. La música es suave y la danza triste. El gran salón se ilumina suavemente con la luz de las velas. La noche penetra . . . penetra . . . El Cuco de los Sueños va tejiendo los cuentos.

Estamos en el templo de San Francisco. ¡Silencio! Por las altas ventanas entra el oro de la luna. Media

---

colonial, referente a la colonia (= siglos de dominio de los españoles, XVI-XVIII).

mascullar, decir entre dientes, como si se mascara, y en forma no clara.

Ave María, saludo el ángel a la Virgen en la Anunciación y oración que se reza a la Virgen y que empieza con la palabra latina *ave* = Dios te salve.

Antigua, ver mapa pág. 87.

conventual, aquí: con aire o aspecto de convento.

penetrar, entrar.

luz. Las velas sin llamas y la Virgen sin ojos en la sombra.

Una mujer llora delante de la Virgen. Su llanto en un hilo va cortando el silencio.

El hermano Pedro de Betancourt viene a rezar después de la media noche: ha dado pan a los que tenían hambre y ha dado alivio a los enfermos. Su paso no se siente. Anda como vuela una paloma.

Sin hacer ruido se acerca a la mujer que llora, le pregunta qué penas tiene, sin darse cuenta de que es la sombra de una mujer a la que no se puede consolar, y la oye decir:

– ¡Lloro porque perdí un hombre al que amaba mucho; no era mi esposo, pero le amaba mucho! . . . ¡Perdón, hermano, esto es pecado!

El religioso levantó sus ojos para buscar los ojos de la Virgen, y, ¡qué raro!, había crecido y estaba más fuerte. De repente sintió caer sobre sus hombros la *capa* y sintió la espada a la *cintura* y la *bota* en su pierna y la *espuela* en su pie y la pluma en su sombrero. Y comprendiéndolo todo, porque era santo, sin decir palabra se inclinó ante la dama que seguía llorando . . .

¡Don Rodrigo!

Como un loco que quiere coger su propia sombra, ella se puso de pie, recogió la *cola* de su traje, se acercó a él y le cubrió de besos.¡Era el mismo Don Rodrigo! . . . ¡Era el mismo Don Rodrigo! . . .

Dos sombras felices salen de la iglesia – amada y amante – y se pierden en la noche por las calles de la ciudad.

Se dice que a la mañana siguiente el hermano Pedro

---

capa, cintura, bota, espuela, cola, ver ilustración pág. 94/95.

estaba en la iglesia dormido, más cerca que nunca de los brazos de Nuestra Señora.

El Cuco de los Sueños va tejiendo los cuentos.

Los *cronistas* del rey nuestro señor escriben de las cosas de Indias.

Pasa Fray Payo Enríquez de Rivera. Lleva oculta bajo su manto, la luz. La tarde cae rápidamente. Fray Payo llama a la puerta de una casa pequeña e introduce una *imprenta*.

Las primeras voces me vienen a despertar. Estoy llegando. ¡Guatemala de la Asunción, tercera ciudad de los conquistadores! Ya son verdad las casitas blancas que se ven desde la montaña. Ya son verdad los niños que corren por las calles y las voces de las niñas que juegan a Andares:

– «¡Andares! ¡Andares!»
– «¿Qué te dijo Andares?»
– ¡Que me dejaras pasar!»
– ¡Mi pueblo! ¡Mi pueblo, repito para creer que estoy llegando! Su llanura feliz. La cabellera de sus selvas. Sus montañas inacabables que alredor de la ciudad forman la Rosca de San Blas. Sus lagos. La boca y la espalda de sus cuarenta volcanes. Santiago, el *patrón*. Mi casa y las casas. La plaza y la iglesia. El puente. Los *ranchos* escondidos. El río que arrastra continuamente la pena de los *sauces*. Las flores. ¡Mi pueblo! ¡Mi pueblo!

---

cronista, el que escribe *crónicas* (= relato de los hechos sucedidos).
imprenta, aquí: máquina para hacer libros (= imprimir).
patrón, aquí: el que protege, cuida; cada ciudad tiene un santo que la protege.
rancho, lugar fuera de poblado donde viven varias familias.
sauce, ver ilustración pág. 77.

cola

capa

cintura

bota

espuela

Preguntas

1. Describa el pueblo.

2. Hable de cómo ve usted la vida en este pueblo/ciudad.

3. ¿Qué cuentan las historias de esta ciudad?

4. ¿Puede ahora hablar de El Sombrerón?

5. Refiera la leyenda de la Tatuana.

6. Hable del Cadejo, descríbalo y resuma la leyenda en la que se habla de su origen.

7. ¿De cuántas ciudades nos habla aquí Asturias?

8. ¿Cuál de estas ciudades le ha interesado más? ¿Por qué?

9. Describa al rey de Copán.

10. ¿Cómo está para Asturias la ciudad de Tikal?

11. Hable de la dama y del Gran Capitán.

12. ¿Qué sueña o ve la dama?

13. Hable de la ciudad llamada Antigua.

14. Refiera lo que pasa en el templo de San Francisco.

15. Describa el traje del caballero.

16. ¿Cómo piensa usted que ve Asturias a Guatemala después de haber leído este capítulo?

17. ¿Qué le han parecido las leyendas?

18. ¿Cuál le ha interesado más?

EASY READERS

se publica en 4 series:

A a base de un vocabulario de   600 palabras
B a base de un vocabulario de 1200 palabras
C a base de un vocabulario de 2000 palabras
D a base de un vocabulario de 2500 palabras

Véase lista completa de títulos en el interior de la contracubierta.

Esta edición ha sido resumida y simplificada para hacerla de fácil lectura a los estudiantes de español.

Los textos, aunque simplificados, conservan el estilo y el espíritu del original.

En cuanto al vocabulario, las palabras que no tienen una alta frecuencia en el lenguaje o que son difíciles de comprender dentro del contexto en el que se encuentran, se explican por medio de dibujos o por definiciones en forma de notas a pie de página, escritas en español sencillo.

EASY READERS puede emplearse siempre en centros docentes, en el autoestudio o por el simple placer de leer.

EASY READERS son también de venta en alemán, inglés, francés italiano y ruso.

Dinamarca: GRAFISK FORLAG
Finlandia: TAMMI
Gran Bretaña: JOHN MURRAY
E.E.U.U.: EMC CORP.
Noruega: GYLDENDAL NORSK FORLAG
Suecia: ESSELTE STUDIUM
Holanda: WOLTERS/NOORDHOFF
Alemania: ERNST KLETT VERLAG

ISBN 87-429-772
18
ISBN 0 7195 34
ISBN 0-88436-2

ISBN 90.01.275
ISBN 3-12-5618